KB077426

최·교·진·의 교·육·희·망

사랑이 뛰노는 학교를 꿈꾸다

2013년 12월 9일 제1판 제1쇄 인쇄
2013년 12월 16일 제1판 제1쇄 발행

지은이　　최교진
펴낸이　　강봉구

편집　　　김윤철, 김희주
마케팅　　윤태성
디자인　　비단길
표지그림　박제동
캘리그래피 송병훈
인쇄제본　(주)아이엠피

펴낸곳　　작은숲출판사
등록번호　제406-2013-000081호
주소　　　413-120 경기도 파주시 문발로 119(문발동) 306호
전화　　　070-4067-8560
팩스　　　0505-499-8560

홈페이지　http://cafe.daum.net/littlef2010
페이스북　http://www.facebook.com/littlef2010
이메일　　littlef2010@daum.net

ⓒ최교진

ISBN 978-89-97581-36-8　03810
값은 뒤표지에 있습니다.

※이 책은 저작권법에 따라 보호받는 저작물이므로 무단 전재와 무단 복제를 금합니다.
※이 책의 전부 또는 일부를 이용하려면 반드시 저작권자와 '작은숲출판사'의 동의를 받아
야 합니다.

최·교·진·의·교·육·희·망

사랑이 뛰노는 학교를 꿈꾸다

작은숲

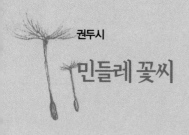

권두시

민들레 꽃씨

하늘을 날으는 민들레 꽃씨예요
햇볕 따뜻한 시골집 장독대나
울타리 밑이 아니어도 좋아요

팍팍한 아스팔트 늘어선
회색의 도심지 가로수 곁이나
고속도로 주변의 코스모스 옆자리는
더구나 바라지 않아요

오물덩이 가득한 곳에
지금은 꽃이 아닌 풀잎으로
그저 피어나고 싶어요

온갖 추한 냄새 가득한
쓰레기 더미 가운데
함께 온몸 썩어져
더 많은 풀잎으로, 꽃으로 피어

작은 향기 모아
큰 더러움 씻어내고 싶어요
작은 향내 피워
온 세상 가득 채우고 싶어요

차례

나를 가르친 아이들

나를 가르친 스승들

부치지 못한 편지

짧은 글 짧은 생각

최교진 함께 읽기

머리말

1

　지난 40여 년 세월을 이 땅의 아이들을 생각하며 교단에서 또는 학교 밖에서 평범한 교사로 살았습니다. 대학생 때는 갑사 근처에서 야학 교사로 내 또래 친구들을 가르쳤습니다. 안면도 누동학원에서 중학교 진학이 어려운 아이들과 함께 생활하며 '교사는 아이들 가운데서 함께 숨쉬고, 함께 웃고 울며 지내야 하는 사람'이라는 것을 배웠습니다.

　대천여중에서 시작한 교직 생활 내내 '나보다 우리'를 생각하고 실천하는 삶을 살고자 힘썼습니다. '모두가 일등인 교실, 서로의 장점을 찾아 존중하며 나와 친구를 모두 존중할 줄 아는 학교'를 만들어 보려고 애썼습니다.

　제각기 다른 모습, 다른 색깔, 다른 향기를 지닌 들꽃이 한데 피어 아름다운 봄 동산을 만들듯 학교는 우리 아이들이 서로 다른 모습과 향기를 가지고 아름답게 어울려 꽃피는 세상을 꿈꾸며 가르치는 곳이어야 한다고 생각했습니다.

경쟁보다는 협력을 소중히 여기며 사랑과 우애 넘치는 공동체를 살아갈 준비를 할 수 있게 도와야 한다고 생각했습니다. 아이들과 함께한 모든 활동은 이런 생각에서 시작했습니다. 사랑이 넘치는 학교, 웃음이 피어나는 학교, 모든 아이들을 하늘처럼 섬기는 교실을 실천하고 싶었습니다.

2

교단에서 쫓겨나 학교 밖에서 살아가는 동안에도 늘 '나는 교사'라는 생각을 잊지 않으려고 노력했습니다. 이 땅에서 교육이라는 이름으로 저질러지는 수많은 잘못 속에서 아프고 힘들어하는 아이들을 보며, 교육자로서 책임감을 내려놓을 수가 없었습니다.

그러나 우리의 노력은 아직도 너무나 부족합니다. 25년 전 '행복은 성적순이 아니잖아요!'라고 절규하며 자살한 여중생 앞에 눈물로 반성하며 사죄한 일이

있습니다. 그런데 올해도 어김없이 안타까운 소식을 듣습니다. 며칠 전 특목고 시험에 불합격한 학생이 아파트에서 뛰어내려 삶을 마감했다는 뉴스를 참담한 심정으로 들었습니다. 이 땅의 아이들을 생각하며 교육자로 살아온 우리 모두는 그 죽음 앞에 죄인이고, 몇 번이고 또 참회해야 합니다.

3

그동안 아이들과 함께 뒹굴고 함께 울고 웃으며 행복했습니다. 교사인 내가 늘 아이들에게 배우고 위로받았습니다. 내가 베푼 것보다 훨씬 크게 위로와 사랑을 아이들은 내게 주었습니다.

아무것도 이룬 것 없이 책을 낸다는 것은 오만이고 사치라는 생각 때문에 감히 엄두도 내지 못하고 살았습니다. 그러나 그동안의 삶을 솔직하게 드러내고 반성하는 일은 같은 길을 가는 동무들을 위해서도 필요한 일이겠지요. 여전히 부끄럽고 죄송한 마음입니다.

　다만 반성문 같은 이 책이 나에게 새로운 힘을 줄 것이라 믿습니다. 이 책을 읽는 분들께 약속합니다. 그 힘 바탕으로 이 땅에 바른 교육을 실현하겠습니다. 끝까지 아이들 앞에 부끄럽지 않은 교사로 살고 싶은 작은 몸부림으로 받아들이고 격려해 주시면 고맙겠습니다.

2013년 12월

세종시에서 최교진

나를 가르친 아이들

갯지렁이 판 돈인데요

서해안의 안면도에 있었던 누동학원은 좀 별난 학교였다. 집안 형편이 어려워 중학교에 진학하지 못하는 학생들을 위해 세운 이 학교에는 개근 상이 없다. 개근하면 부모님 일손을 도와드리지 않은 이기적인 아이라는 꾸중을 일 년 내내 들어야 한다. 성적표에 등수 같은 것은 아예 없고, 선생님이 학생들의 집안 소식을 샅샅이 알고 있는 학교였다. 나는 1978년도에 이 학교에서 근무했다.

5월 어느 날, 미술 수업을 다른 선생님 대신 들어간 일이 있었다. 어머니를 한번 그려 보라고 한 뒤 끝날 시간이 되어 아이들의 그림을 보던 나는 매우 실망했다. 몹시 가난하고, 언제나 일손에 쫓길 수밖에 없고, 그래서 머리를 빗을 시간도 없이 '일하는 어머니'가 담긴 모습이 없었기 때문이다. 도화지에는 머리가 검고 얼굴색 하얀, 가짜 어머니들만 있었다.

그런데 한글도 아직 읽지 못하는 윤석이가 도화지도 없어 공책에 그린

그림은 내 눈을 크게 뜨게 만들었다. 헝클어진 머리카락, 눈은 짝짝에다가 입술은 두껍고, 얼굴은 몹시 얽었으며, 연세보다 주름이 많은 윤석이 어머니, 그리고 그 어머니가 방앗간에서 쌀을 운반하시는 모습과 윤석이와 강아지가 손수레를 밀며 따라가는 그림이었다. 나는 윤석이를 불러내 여러 학생들에게 그 그림을 보여 주며 다음과 같이 말했다.

"여러분은 모두 자기 어머니가 아닌, 영화배우나 서울 아줌마를 그렸습니다. 그런데 윤석이만은 자기 어머니를 솔직하게 그렸습니다. '나이보다 더 늙었고, 오른쪽 눈이 훨씬 큰 우리 엄마는 입술이 두껍고, 얼굴이 몹시 얽었습니다. 우리 집 식구는 나, 엄마 그리고 강아지 이렇게 셋뿐이고, 아버지는 고기 잡으러 나갔다가 돌아가셨습니다. 그래서 어머니는 방아 찧으러 오는 쌀을 날라 주고 품삯을 받아서 살아갑니다. 나도 학교가 끝나면 엄마 손수레를 밀어 주곤 합니다.' 하는 얘기가 들어 있는 이 그림이 오늘 우리 교실에 있는 누구의 그림보다 훌륭한 그림이라고 생각합니다."

난생처음 학교에서 칭찬을 받은 윤석이는 그날 이후 나와 가까워져서 수업이 끝난 뒤에도 남아 부서진 책걸상 고치는 일을 했다. 그러면서 윤석이가 부서진 책걸상을 고치는 솜씨가 훌륭하다는 것과 다른 아이들에게는 없는 눈을 갖고 있다는 것을 새롭게 알았다. 즉 학교 변소 앞에 있는 패랭이꽃이 새로 피어난 일, 수돗가에 네잎클로버가 있다는 사실, 부엌 옆 담벼락에 쑥이 소복하게 돋아났다는 사실, 3학년 교실 지붕에 보리 싹이 텄다는 사실들은, 윤석이만 알고 있는 것이었다. 바쁘게 살아가는 다른 사람들보다 자연에 대한 사랑이 컸기 때문에 그런 모든 것을 알 수 있었던 것 같았다. 그런 윤석이를 나는 한없이 사랑했다. 그리고 한글을 따로 가르치기 시작했다.

2학기가 되고 추석이 지나간 10월 초. 정화가 교실에서 3000원을 잃어버렸다. 처음 겪는 일이라서 교실이 술렁거렸다. 그런데 그날 마침 윤석이가 첫 시간이 끝난 후, 이 학교에 들어온 후 처음으로 새 공책을 사고 빵을 사먹고 화첩을 샀다. 그러고도 돈이 남은 눈치였다. 윤석이는 글자를 아직 몰라서 공책이 필요하지 않았다. 그래서 6학년 때 산 공책이 아직도 남아 있었다. 그래서일까. 모든 아이들은 윤석이를 의심하고 수군거렸다. 반장인 용숙이는 나에게 달려와 윤석이가 수상하다고 얘기했다.

점심시간, 윤석이가 내게 2500원을 건네주었다. 웬 돈이냐고 묻자 육성회비라고 했다. 누동학교는 가난해서 학생들이 매달 500원씩 걷어 선생님들이 생활을 해 나갔다. 더구나 100명도 안 되는 학생들 중에서 그나마 제대로 내는 아이가 절반밖에 되지 않아 늘 살림이 어려웠다. 그리고 윤석이네는 그중에서도 특별하다고 할 만큼 집안 형편이 어려워 아직 한 번도 육성회비를 내지 못했다. 추석 전날 고향에 다녀오기 위해 나섰다가 윤석이 어머님을 우연히 만났을 때도 그것 때문에 미안해서서 '다른 아이들도 거의 내지 않으니 염려 마시라.'고 위로해 드린 적이 있었다. 그런데 난데없이 육성회비라고 그것도 다섯 달 치를 한꺼번에 내다니…… 이제 나도 다른 아이들처럼 윤석이가 정화 돈을 훔쳤다고 믿게 되었다.

종례 시간에 눈을 감게 하고 길게 설교를 할 때도 아이들은 눈을 뜨고 윤석이 쪽을 쳐다보았다. 이런 상황을 알 리 없는 윤석이는 아이처럼 그저 웃고만 있었다. 아이들이 모두 돌아간 뒤에도 다른 날처럼 윤석이만 남아서 한글 공부를 했다. 공부가 끝난 뒤 학교 뒤 언덕까지 윤석이를 데려다 주었다. 그리고 언덕에서 바다를 바라보며 함께 앉았다. 어느새 코스모스가 수북하게 피어 있었다.

나는 윤석이에게 잘못을 뉘우치라고 진심으로 타일렀다. 내가 초등학교 시절 문방구점에서 지우개 한 개를 몰래 가지고 나온 뒤에 그 일로 오랫동안 가슴 아파하던 경험을 이야기하면서, 이제라도 뉘우치면 하느님도 용서하실 거라고 말했다. 그때 윤석이는 눈물을 흘리면서 고개를 숙였다. 내 말에 감화되어 진심으로 잘못을 뉘우치며 눈물을 흘리는 것이 고맙고 한편 흐뭇하기도 해서 등을 따뜻이 어루만져 주고 돌려보냈다.

다음 날 윤석이는 학교에 나오지 않았다. 그 다음 날도 윤석이는 학교에 나오지 않았다. 그런데 그날 아침 일찍 정화가 찾아와서 잃어버린 돈을 집에서 찾았다고 했다. 추석 때 서울에서 온 고모와 삼촌이 3000원을 주어서 선물로 받은 필통 속에 넣어 두었는데 그만 필통이 동생 정미 것과 바뀐 것을 모르고 소동을 벌였다는 것이다.

큰일이었다. 사실 윤석이는 친구들이 수군대도 스스로 떳떳하므로, 아니 무엇보다도 우리 선생님만은 나를 믿어 주실 거라는 강한 믿음으로 당당했는데, 선생님마저 자기를 의심하기에 이르자 서러움의 눈물을 흘렸던 것이다. 그것도 모르고 나는 그것을 참회의 눈물인 줄 착각하고 있었던 것이다.

그날 수업이 끝난 뒤 반 친구 모두를 데리고 윤석이를 찾아가서 무릎을 꿇고 친구를 의심한 것에 대해 사과했다. 윤석이는 어쩔 줄 모르는 표정으로 용서해 주었고, 다음 날 다시 학교에 나왔다. 그 돈은 고생하는 선생님들을 위해 6월부터 여름방학 내내 갯지렁이를 잡아서 판 돈이라는 것도 알게 되었다. 다시 한 번 콧등이 시큰해지는데, 윤석이한테 더 미안했다.

다음 날 나는 국어 시간에 차마 윤석이를 바로 보며 수업할 용기가 나지 않아 글쓰기를 하게 했다. 윤석이가 쓴 글은 띄어쓰기도 없고, 맞춤법에도 맞지 않는 〈친구〉라는 제목의 글이었다.

'나는 광일이가 좋다. 상복이는 공을 잘 찬다.'

'나는 용숙이가 착하다고 생각한다. 나는 우리 학교가 좋다.'

윤석이는 반 친구들을 사랑하고 있었다. 남자 반장인 광일이가 좋고, 공을 잘 차고 장래 희망이 축구 선수인 꼬마 상복이도 좋고, 착한 용숙이도 좋고, 그런 친구들이 모인 우리 학급이 좋고, 우리 학교가 좋다는 내용이다.

나는 이토록 너희가 좋은데 너희는 왜 나를 의심했느냐는 강한 항변의 목소리가 아니었겠나. 그렇다. 윤석이의 이 글보다 더 강하게 가슴을 때리는 글을 나는 아직 읽어 보지 못했다.

우리들의 영원한 대장

　대학 입학 10년 만인 1981년 사범대학을 졸업했다. 그리고 대천여중에 첫 발령이 났다. 1학년이 12개 학급, 2~3학년은 11개 학급인 매우 큰 학교였다. 나는 1학년 2반 담임이 되었다. 우리 반 학생 수가 66명이었다. 햇병아리 교사 눈에 아이들은 한없이 예쁘기만 했다. 그러나 66명이 한꺼번에 보내는 눈짓이나 말소리를 감당할 재주는 없었다. 나도 이 학급의 67번이라 선언하고 함께 어울려 떠들고 웃으며 지내는 수밖에 없었다. 학기 초 반장 선거를 했는데 태미가 반장이 되고 혜영이가 부반장이 되었다. 둘은 같은 초등학교를 다닌 친구였고, 둘 다 키가 큰 편이어서 태미는 61번, 혜영이는 66번 마지막 번호였다. 입학 성적도 반에서 각각 1, 2등이었다. 학급 운영은 6개의 모둠을 만들어 했다. 원래 있는 학습부, 미화부 하는 식의 부서 말고 모둠별 일꾼들을 더 뽑아 학급의 모든 일을 나누어 맡게 했다. 청소도 유리창 하나하나마다 담당자를 둬서 수시로 닦게 하는 식이었다.

아이들을 설득해서 4월부터 학급신문을 만들기로 했다. 신문 이름은 '우리'로 정했다. 반장은 학급 일이 많으니 부반장인 혜영이에게 편집장을 맡으라고 했다. 신문 소식란에는 학교 행사 대신 반 친구들의 집이나 동네에서 일어난 소식을 찾아내 실으려 노력했다. 탄광에 다니는 누구 아버지가 다친 일, 누구네 소가 송아지를 낳은 일, 누구 동생이 태어난 일 등이 기삿거리가 되었다. 그리고 편지 쓰기나 글쓰기를 통해 걷은 친구들의 글 가운데에서 좋은 글을 골라 신문에 실었다. 그렇게 만들어진 '우리'는 학급신문이면서 학급문집이었다.

물론 신문 편집부원도 여러 명이 함께 맡았다. 신문에 실을 글을 가려 뽑는 일도 최종 결정은 내가 하게 되는 때가 많았지만 편집부원이 모두 읽어 보고 난 뒤에 결정했다. 학급신문을 함께 만들면서 모둠별 활동도 다양하게 진행할 수 있었다. 자기 모둠의 특색 있는 활동을 신문에 실어 자랑하려는 은근한 경쟁도 일어났다. 주말이면 모둠별로 인근에 있는 보령정심원(지적장애인 재활학교)에 있는 아이와 자매결연을 맺고 작은 선물을 준비해서 찾아가 함께 지내다 오는 일도 했다. 경찰의 날에는 파출소에 편지와 라면 몇 상자를 위문품으로 전달하기도 했다.

어쨌든 신문이 우리 학급 전체를 살아 움직이게 했고, 친구들의 기쁘거나 슬픈 소식을 함께 알고 위로하고 축하하며 정을 나누게 했다. 여름 방학이 끝난 뒤에는 방학 숙제로 걷은 글이 많아 특집으로 두껍게 만들기도 했다. 66명 가운데 한 사람도 일 년 내내 신문에 글이 실리지 않는 사람이 한 사람도 없도록 배려했다. 아직 글을 잘 읽지 못하는 주식이는 그림을 그리게 해서 신문에 실었다. 그러다 보니 학급은 신문을 중심으로 돌아가고 친구들이 혜영이를 대장이라고 부르게 되었다. 1학년을 마치면서 내가 수업을 한 다섯 반 친구들의 글을 모아 합동 문집을 만들기로 했다. '우리' 편집위원이 중심이 되고 다른 반인 영례, 경미, 연진이, 경은이, 기수, 은아가 함께했다. 그리고 그 모임에서도 다들 혜영이를 대장이라고 놀리듯 불렀다. 그때는 혜영이도 그렇게 부르는 것이 아주 싫지는 않아 보였다. 그 뒤 감당하기 어려운 엄청난 일을 '대장'이라는 이 별명 때문에 혼자 외롭게 지고 가야 할 것이라고는 꿈에도 생각하지 못했을 테니까.

1983년, 아이들은 3학년이 되었고, 나는 3학년 11반 담임을 맡았다. 혜영이는 우리 반이 아니었지만 국어 수업을 하는 다섯 학급 가운데 혜영이네 반도 있었다. 내가 맡은 11반은 물론이고 다른 몇 학급에서도 학급신문을 만들었다. 1학년을 마치며 합동 문집을 만드는 데 참여했던 은아, 경미, 혜영이네 학급이었다.

졸업을 앞두고 전체 졸업 문집을 만들기로 하여 겨울방학 때 자주 모였다. 각 반을 대표해서 편집부를 구성하다 보니 1학년 합동 문집에 참여한 아이들에다가 태미가 합류했다. 편집장은 친구들이 자연스럽게 혜영이를 추천했다. 졸업 문집을 만들기 위해 주로 학교에서 모였지만 가끔은 우리 집에서도 모였다. 모여서 해야 하는 아주 중요한 일은 글을 읽고 문집에 실을 원고를 고르는 것이었다. 함께 라면을 끓여 먹기도 하고, 끝없이 떠드느라 편집하는 일이 매우 더디기도 했다. 그래도 즐겁기만 했다.

그러다가 은경이 이야기를 듣게 되었다. 은경이는 지난가을에 가출했다가 거의 두 달 만에 돌아온 아이였다. 연극 대본을 만들기로 했다. 제목은 '왜? 어디로!' 방학 때라 배우를 따로 모집하기 어려웠으므로 문집을 만드는 편집부가 중심이 돼 졸업 기념 연극 공연도 하기로 했다. 나는 그 전해에도 3학년 11반을 맡았는데, 학급 졸업문집을 만들고, 유치진의 〈토막〉을 공연한 일이 있었다. 이번에는 우리들의 이야기를 우리가 직접 써서 연극으로 만들어 본다는 게 달랐다. (나중에 그 대본을 세상에 소개하며 학교 생활극이라고 이름을 붙여 불렀다.) 주인공 은경이 역은 경미가 맡고, 엄마는 기수, 교장 선생님은 경은이…… 이런 식으로 배역을 정하면서 혜영이가 총연출을 맡기로 했다.

졸업문집을 필사해서 인쇄하고, 연극 공연 연습까지 해야 했으므로 겨울방학 내내 우리는 함께 모여 바쁘게 지냈다. 이렇게 함께 지내며 문집을 만들고 연극을 준비하다 보니 서로 엄청나게 친해졌다. 2월 개학 직후부터 졸업식 전까지 3학년 각 교실을 순회하며 공연을 했는데 (강당이 없었으므로 그럴 수밖에 없었다.) 아이들의 반응은 대단했다. 아마도 자기들 이야기라서 공감이 컸기 때문이리라. 배우나 관객이 함께 끌어안고 펑펑 우는 일이 교실마다 벌어졌다.

이 친구들의 중학교 마지막 졸업문집인 ≪우리≫를 선물로 나눠 갖고, 졸업 기념 연극 공연까지 성공적으로 마치고 정리 모임을 했다. 한편 뿌듯하고 자랑스럽기도 하고 무언가 아쉽고 허전하기도 한 기분이었다. 그래서 그랬을까? 그 자리에서 졸업한 뒤에도 모임을 계속하기로 하고, 그 이름을 '우리의 뿌리'로 정했다.

졸업 후 태미는 공주로, 영례, 은아, 연진이는 대전으로 고등학교를 가게 되었다. 서로 헤어지게 되었지만, '우리의 뿌리'인 고향과 친구들을 늘 기억하자는 뜻이었을 거다. 후배들도 계속 받아서 일 년에 두 차례 정도 문집 형태의 소식지도 만들고 모임을 이어 가기로 했다. 새로 만든 모임 '우리의 뿌리' 대표도 당연하게 대천여고에 가기로 한 혜영이가 뽑혔다.

1984년 여름방학 때의 일이었다. 후배 하나가 대천에 YMCA를 준비하면서 첫 사업으로 인근 탄광촌인 성주 지역 학생들을 대상으로 봉사활동을 함께 가자는 제안을 했다. 성주는 우리 학교 학군이고, 소위 문제아라 하는 '고민 학생'이 많이 나오는 동네이기도 했다. 이번 기회에 그 동네를 제대로 알 수 있으면 이후 아이들을 이해하는 데 도움이 되겠구나 생각하고, 그러기로 했다.

우선 같이 근무하는 젊은 선생님들과 상의해서 몇 분의 동의도 구했다. 그런데 막상 방학이 되니 동의한 젊은 선생님들의 대부분이 연수에 가야 하거나 보충 수업에 얽매여 시간을 맞출 수 없었다. 그래서 부랴부랴 사범대 후배들 가운데 병역과 교생 실습을 마친 복학생 몇 명을 불러 봉사활동을 시작하게 됐다. 그런데 아무래도 초등학생부터 중학생까지 다양한 나이의 아이들을 한꺼번에 가르치는 일이 쉽지 않을 것 같아 '우리의 뿌리' 친구들에게 보조 교사로 도와달라고 부탁을 했다. 그래서 혜영이가 중심이 돼 방학 때 대천에 있던 은아, 영례, 경미, 기수, 연진이 그리고 후배 은자가 일주일 동안 성주 여름 학교 진행을 돕기로 했다.

여름 학교는 초등학교 저학년 반·고학년 반, 중학생 반으로 짰다. 뜨거운 한낮을 피해 오전에 네 시간 탈춤 체조 배우기, 공동 벽화 그리기, 생활글 쓰기, 전래동요 배우기, 전래동화 읽기 등 수업을 했다. 오후 네 시경부터 저녁 시간에는 동네 어른들을 찾아뵙고 일도 도와드리고 자녀들이나 교육 문제에 대해 함께 이야기를 나누기도 했다.

이런 시간을 통해 탄광촌이라는 곳이 당사자들에게는 인생의 막장 같은 곳이라는 사실, 진폐증에 걸린 사람들이 엄청나게 많은데 산재 처리가 안 되는 현실, 오히려 돈을 벌기 위해 숨기고 일하는 분들도 있다는 것 등 아픈 현실을 알게 되었다. 시설 투자를 제대로 할 수 없는 영세 사업장이 많아 갱도가 무너지는 사고가 자주 일어나서 하루하루가 목숨을 건 전쟁터와 같다는 말도 들었다. 아버지들이 위험한 지하에서 일하는 시간에 한 푼이라도 더 벌기 위해 대천 시내에 술을 파는 음식점에 일하러 다니는 엄마들이 꽤 많다는 이야기도 들었다. 그런 환경에서 자라는 아이들에게 일어나는 사소한 문제는 결코 아이들의 책임일 수 없다는 것도 깨달았다. 나와 함께 참여한 예비 교사, 후배들 그리고 우리 아이들 모두에게 참으로 소중한 배움의 시간이었고, 보람 있는 일주일이었다.

그런데 엉뚱한 사고가 일어났다. 수업 없이 쉬는 한낮에 대학생 오빠들이 친구들에게 노래도 가르쳐 주고, 세상 이야기도 들려주었던 모양이다. 교과서에 안 나오는, 학교에서는 가르쳐 주지 않는 현대사도 가르쳐 주었고, 특히 몇 년 전에 광주에서 있었던 민중항쟁과 학살에 대해서도 이야기했단다. 친구들은 일기장에 그런 이야기와 자기 생각을 꼼꼼히 적어 두었다.

봉사활동 마지막 날, 동네 어른들이 수고했다고, 고맙다고 천렵을 베풀어 주셨다. 그런데 우리 모두 그곳에 가서 놀고 있던 그 시간에 보령 경찰서에서 봉사활동 현장을 찾았고, 거기서 민중가요 책자와 대학생들이 가지고 있던 이념 서적 그리고 우리 친구들의 일기장을 압수해 갔다.

다음날부터 우리들의 여름방학 탄광촌 봉사활동은 '대한민국 최초의 초등학생을 대상으로 한 조직적 의식화 교육 사건'으로 알려졌다. 대학교 학생처장 교수님은 참여한 대학생들을 모두 징계할 수밖에 없다고 협박했다. 그런데 정작 가장 큰 문제는 보조 교사로 참여했던 우리 친구들이었다.

학교에서는 의식화 교육을 받고, 함께했으니 우리 친구들을 처벌하겠다고 을러댔다. 특히 영례 아버님은 퇴학 처분할 테니 당장 아이를 데리고 가라는 소리를 듣기도 하셨다. 또한 교감 선생님이셨던 경미 아버님은 충격 때문에 쓰러지시기도 했다. 딸의 책가방을 아궁이에 태워 버리며 당장 학교를 그만두라고 야단을 치던 아버님도 있었다. 혜영이 아버지도 학교에 가서 참기 어려운 수모를 당하셨다. 특히 혜영이를 주동자라면서 몰아붙이고, 다시 이런 비슷한 일이라도 있으면 언제라도 퇴학시켜도 좋다는 백지 각서를 쓰게 했다.

결국 내가 사표를 쓰고 교단을 떠나는 대신 후배들과 제자들을 징계하지 않는 것으로 마무리되었다. 그러나 한 달 동안 여고 일학년인 우리 친구들과 부모님들께서 받은 충격과 상처는 얼마나 컸을까. 선생님들과 경찰로부터 계속되는 조사와 협박을 어찌 견뎠을까. 어린 딸이 빨갱이 교육을 받았으니 언제라도 퇴학시킬 수 있다는 백지 각서에 도장을 찍으라는 소리를 들은 부모님은 얼마나 놀라셨을까!

내가 해직된 후에도 학기 내내 대천여중과 대천여고의 종례 사항에는 최 모 교사를 만나지 말라는 내용이 반복되었다. 그런데도 우리 아이들은, "선생님은 우리들에게 교과서예요. 교과서가 흔들리면 안 돼요. 저희들에게 가르쳐 주셨지요? 어려운 때일수록 힘내셔야 해요."라는 편지를 보내며 나를 위로하고 지켜 주었다.

혜영이는 그때 대장으로 제 두려움은 숨긴 채 친구들을 달래고 격려하며 다독였다. 그 일을 겪으면서 혜영이는 학교에서 공부보다 어려운 친구들 이야기를 들어주고 상담하는 일에 더 열심인 아이로 변했다. 오죽하면 같은 학교 다니던 기수가 내게 '친구들 보살피는 것도 좋지만 대학은 가야 하니 공부하라고 하면 그러겠다고 대답해요. 그래 놓고 잠시 뒤에 보면 다른 친구 이야기를 들어주고 있어요. 정말 못 말리겠어요.' 하며 혜영이를 이르는 편지를 보내기도 했다. 혜영이의 그런 마음을 잘 보여 주는 것이 그 무렵 쓴 〈국어 시간에〉라는 시다.

국어 시간에

대천여고 이혜영

어머니가 제목인 국어 시간
내 짝은 한 번도 고개를 들지 않았다.
읍내 장에 채소 팔고
밤에 오던 어머니.

남의 밭 매다 쓰러져
남의 차 빌려 타고
남의 돈 꾸어 갖고
병원 가던 어머니.

병원 침대보다 하얀 얼굴로
잦은 기침 토하시던 어머니
손목을 꼬옥 쥐고
울먹이던 어머니
다시 만날 수 없는
엄마를 생각했나 보다.
엄마를 생각하며 울었나 보다.

어머니가 제목인 국어 시간
내 짝은 한 번도 고개를 들지 않았다.

1984년 가을, 내가 교단에서 쫓겨난 이후 충남 지역 교사 운동도 새로운 일이 많이 일어난다. 학생들에게 전래동요를 가르친 선생님들이 강제 전보 당하는 일이 있었고, 교육청에서 서산의 한 여선생님을 의식화 교사로 몰아 징계하려고 하는 것을 학부모가 중심이 된 주민들이 대책위원회를 만들어 막아 낸 일도 있었다. 국어과 선생님들이 함께한 여러 학교 합동 문집 ≪이웃끼리≫ 발간이 문제가 되기도 했다. 이 문집에는 대천의 우리 제자들인 '우리의 뿌리' 친구들의 글이 실리기도 했다.

　　1985년, 충남 최초의 교육 운동 단체인 '홍성 YMCA 중등교사협의회'가 출발했다. 이때 서울에서 지원차 여러 선생님들이 왔는데, 내가 '우리의 뿌리' 혜영이와 은자를 데리고 참석했다. 그 자리에서 둘은 '선생님들을 향해 학생들이 항의하는 이야기'를 즉흥극으로 보여 주었는데, 참석한 선생님들이 깜짝 놀랐다. 그때 제대로 연극 한 편을 준비해서 전국 교사 연수 때 공연하면 어떻겠느냐는 이야기가 오가기도 했다.

　　그해 ≪민중교육≫과 ≪교육현장≫이라는 잡지가 발간되었고, ≪민중교육≫ 관련 교사들이 한꺼번에 해직되는 일도 있었다. ≪민중교육≫을 '오월시'와 '삶의 문학' 동인 교사들이 중심이 돼 만들다 보니 충남 지역에서 여러 명이 해직되었다. 나는 1985년부터 대천을 떠나 대전으로 옮겨 '충남민주운동청년연합' 결성에 참여하는 등 민주화 운동을 하고 있었다. 자연스럽게 민중교육 해직 교사들과 함께 사무실을 내고 '충청민교협' 활동도 동시에 하게 되었다.

　　그때도 혜영이를 비롯한 대천 제자들과 수시로 연락하며 지냈다. 그래야 내가 교사라는 것을 잊지 않을 수 있을 것 같았다. 아니, 그냥 우리 아이들과 함께하는 것이 좋았다. 그래서 이러저러한 교사들의 모임에 사정만 되면 우리 아이들을 데리고 다녔다. 교단에서 가르칠 수 없는 나로서는 이런 자리에 함께하며 스스로 배울 수 있게 도와주고 싶었다. 아니 그런 핑계를 대고라도 아이들과 함께 있고 싶었다는 것이 솔직한 마음이다.

지난번 홍성 모임에서 교사들이 했던 이야기도 있고 해서 아이들과 만나 연극 대본을 만들기로 했다. 내가 학교에서 쫓겨날 때 학교에서 벌어진 일, 특히 우리 아이들이 겪은 이야기를 모아 〈그 푸른 빛 변함 없으리!〉를 썼다. 그 대본을 가지고 대천에 있는 친구들이 모여 공연 준비를 하기로 했다. 또 당연하게 혜영이가 이 일도 맡았다. 내가 가끔 대천에 갈 때 모여 점검하기는 했어도, 지도 교사도 없고 모임 장소도 없는 처지라 공연 연습만 해도 매우 힘든 일이었다. 게다가 '중등교사회' 전국 연수가 서울 외곽 다락원에서 열리는데 교육청의 방해와 감시로 선생님들도 참가하기가 쉽지 않았다. 그런데 시골 여고 학생들이 한꺼번에 거기 참석해서 공연을 한다는 것은 아무래도 무모한 계획이었다. 더구나 내 사건으로 인한 나쁜 기억이 혜영이 부모님을 비롯해 많은 분들에게 남아 있을 때였다. 그래서 교사회 연수장에서 하는 공연은 포기하려고 했는데, 혜영이와 아이들은 해 보자고 했다.

결국 아이들은 1986년 1월 초, 서울역에서 만나 모두 함께 의정부 다락원으로 갔다. 그리고 전국에서 모인 '중등교사회' 활동가 선생님들에게 감동적인 연극을 보여 드릴 수 있었다. 나중에 들어 보니 혜영이는

'중학교 때 가정 선생님 결혼식', 경희는 '포항 이모네 방문' 하는 식으로 각자 거짓 핑계를 만들어 모였단다. 물론 은자나 기수처럼 부모님이 나를 이해해 주셔서 사실대로 말하고 온 친구도 있었다.

1987년, 혜영이를 비롯해 첫 발령 때 중학교 1학년으로 만난 친구들이 대학생이 되었다. '우리의 뿌리'를 함께한 친구들이 대부분 서울, 대전, 경기도, 공주 등지의 4년제 대학에 들어갔다. 그런데 혜영이만 홍성에 있는 2년제 전문 대학에 입학했다. 당시 아버지 사업이 어려워져서 사립 대학교에 진학할 형편이 안 되기도 했지만, 친구들 상담하고 모임의 '대장' 노릇 하느라 성적이 나쁘기도 했다. 본인도 혼자 시골에 있는 전문 대학에 가게 된 것에 자존심도 상하고 충격이 컸던 모양이었다. 다른 친구들이 대학 생활에 들떠 서로 연락이 뜸한 탓도 있겠지만 몇 달 동안 친구들과 소식을 끊고 외롭게 지낸 모양이었다.

1987년 6월 항쟁의 열기는 전국을 뜨겁게 달구었고, 대전에 있는 대학에 간 경미, 은아, 연진이, 영례 들은 거의 날마다다시피 거리에서 만나 함께 뛰고 최루탄 연기를 마셨다. 시위를 마친 아이들과 나는 도청 앞 골목 음식점에 둘러앉아 많은 이야기를 나누었다. 또 '민교협(민주화를 위한 전국교수협의회)' 사무실에 몰려가서 함께 대자보를 써서 붙이기도 했다. 선생과 제자가 아닌, 같은 시대를 사는 동지로 만나고 있다는 기쁨을 느낄 수 있었다.

그때 우리는 아무도 홍성에 혼자 있을 혜영이 생각을 하지 못했다. 아이들은 당연히 그럴 수 있지만 나는 그러면 안 되었다. 들뜬 기분에 흥분해 있었고, 눈앞에 보이는 아이들에 흠뻑 빠져 혼자 외로움과 절망에 빠져 있을지도 모르는 우리의 대장 혜영이 생각을 하지 않았고, 따라서 혜영이에 대한 어떤 배려도 하지 못했다.

그런데 그때 홍성에 혼자 떨어져 있던 혜영이는 공주사대에 다니는 선배 영자를 찾아가 지역 운동을 하고 있던 내 동생 연진이를 만나 무엇을 해야 할까 상의하고 배웠단다. 그리고 학교에 돌아와 친구들을 설득해서 홍성 지역 6월 민주항쟁에 동참할 수 있게 하였다. 그런 일을 통해 제대로 된 총학생회를 새로 만들어 후배들에게 물려주기도 했단다.

언제쯤이었던가. 아마 '우리의 뿌리' 친구들이 서른쯤 되던 1990년대 후반이었던 것 같다. 아이들이 막 결혼을 하던 때였으니까. 대천에서 여럿이 모여 함께 놀다가 내가 아무 생각 없이, "우리 대장 혜영이가 요새 제대로 안 해서 모임이나 연락이 안 되는 거 아니야?" 했더니 갑자기 정색을 하고 "저 이제 대장 소리 듣기 싫어요!" 하고 쏘아붙여 술이 깰 만큼 깜짝 놀란 적이 있다. 그 소리를 하고 혜영이는 뛰쳐나가 한참을 울다가 들어왔다. 혜영이가 울며 항의했을 때에야 처음으로 나는 혜영이 처지를 생각해 봤다.

그랬다. 처음 만났을 때 혜영이는 중학교 1학년이었다. 700명의 졸업 문집을 만들고, 친구 이야기로 만든 연극을 공연했던 그때의 혜영이는 중학교 3학년이었다. 선생님이 빨갱이로 몰려 학교에서 쫓겨나고 친구들과 함께 무서운 일을 겪으면서도 친구들을 위로하던 그때의 혜영이는 여고 1학년 소녀였다. 선생님 떠나고 없는 대천에서 친구, 후배들과 함께

'우리의 뿌리' 모임을 이어 가고, 소식지를 만들어 나누고, 서울까지 가서 전국에서 모인 선생님들을 놀라게 한 연극을 보여 준 때는 꿈 많은 여고 2학년 소녀였다. 얼마나 힘들었을까. 얼마나 외로웠을까. 나하고 제일 친하던 유상덕 선생님이 어느 날 간첩단이라고 텔비전에서 떠들던 그때 혜영이는 얼마나 무서웠을까. 그래도 '난 우리 선생님을 믿는다.'고 친구에게 말하던 그때, 혜영이는 눈 덮인 벌판에 혼자 서 있는 느낌은 아니었을까! 못난 선생을 만나 나 대신 대장 노릇 하느라 얼마나 많은 것을 혜영이는 희생해야 했던 것일까!

지금도 일 년에 두어 차례 '우리의 뿌리' 제자들과 만난다. 인천, 전주, 대구, 서산, 서울 등 전국에 흩어져 살고 있어서 모두 모이지는 못해도 대전에서 하룻밤을 같이 지내며 사는 이야기를 나누기도 하고, 우리 집에 부부 동반으로 몰려와서 술을 마시기도 한다. 물론 언제나 모임의 중심은 혜영이다. 지금은 멀리 김해에 살고 있어도 영원히 우리의 대장은 혜영이니까! 이제는 내 인생길에서 소중한 벗이요, 우리 사랑하는 제자들과 함께하는 모임의 영원한 대장 혜영이. 6학년, 3학년인 두 딸과 함께 당당하고 씩씩하고 명랑하게 살아가는 혜영이가 있어 행복하다.

요즘 봄꽃이 남쪽에는 활짝 피었다는데 혜영이 만나러 김해 장유에 내려가 볼까? 내 마음속 대통령, 노무현 대통령 계시는 봉하 마을이 가까우니 혜영이랑 같이 봉하에 가서 막걸리 한잔하면서 옛날 이야기 하다가 슬며시 사나라도 하고 올까? 처음 만났을 때 혜영이 나이가 되어 버린 혜영이보다 더 예쁜 딸애를 한번 안아 주고 와야겠다.

울면서 춤추던 요정

발령 난 지 1년 만에 3학년 담임을 맡은 것은 우연이지만 내겐 행운이었다. 2월 말이 되자 교사들의 새 학기 업무와 담임 예정자 명단이 발표되었다. 술렁거리기도 해도 받아들이는 것이 오랜 관례였다. 그런데 평소 교장, 교감 선생님과 가깝다고 알려진 송 선생님이 큰 소리로 불만을 얘기하더니 끝내 울면서 교감 선생님께 항의를 했다. 학교 일에서나, 교장 교감 선생님 또는 선배 교사들에 대한 인간적 관계에서 잘못한 것이 없다. 그런데 1, 2학년 때 반장은커녕 부반장을 했던 아이조차 하나 없는 데다가 문제아들이 몰려 있는 3학년 11반을 어떻게 맡길 수 있느냐는 것이다.

성적순으로 늘어놓는 방식으로 반 편성을 하다 보니 우연히 그런 결과가 나온 모양이었다. 소위 잘나가는 아이가 없는 반을 맡긴 것에 항의였다. 평소 윗분들의 사모님 생일까지 챙긴다는 소문이 있었던 송 선생님으로서는 억울할 법도 한 일이었다. 어쨌든 나는 그 일로 3학년 11반을 맡게 되는 행운을 얻었다.

소위 문제아들이 61명 중 여덟 명이나 되었지만 실제 문제가 될 만큼 걱정스러운 아이는 거의 없었다. 이성교제를 하는 아이, 소풍 때 맥주 마시다 걸린 아이, 영화관에 갔다 잡힌 아이들이 대부분이었다. 심지어 교회 활동 때문에 늦어진 귀갓길을 고등학생 오빠들이 데려다 주었는데, 선생님께 들켜 문제아로 찍힌 아이까지 있을 정도였다.

중학교 3학년 여학생들은 나름대로의 작은 고민도 있고 소중한 꿈도 있는, 하나하나가 다 예쁜 아이들이다. 그런 아이들이었기에 편견 없이 평등하게 대하고 아이들 처지에서 노력하다 보니, 오히려 우리 반은 3학년 열두 학급 중에서 가장 활기 있고 즐거운 학급이 되었다. 불과 한 달이 지났건만 다른 반 아이들이 부러워할 정도였다. 단 한 명 백은정이만 제외하고 말이다.

은정이는 아버지를 일찍 여의었다. 식당에서 심부름하던 어머님은 작은 술집을 개업했고, 거기서 새아버지를 만났다. 술집에 딸린 작은 단칸방에서 다섯 식구가 함께 살고 있었다. 그래서였을까? 은정이는 모든 일에 부정적이고 반항적이었다. 많은 아이들이 즐거워하는 모둠 활동이나 학급 전체 놀이, 봉사활동에도 참여하지 않았고, 심지어 방해하기까지 했다.

초등학교 때부터 그랬다. 철없이 놀리는 아이들과 악착같이 싸워 아무도 다시는 놀릴 수 없게 만들었다. 순종밖에 모르는 학교에서 선생님들께 겁 없이 대들어 싸우다가 벌을 받거나 얻어맞는 일도 많았다. 그래서인지 친구들은 은정이에게 함부로 하지 못했다. 오히려 학교나 선생님께 불만을 가진 몇 명은 은정이를 중심으로 모이곤 했다.

그런데 내가 담임을 맡으면서 은정이는 친하게 지내던 아이들이 자기와 조금씩 멀어진다고 느꼈나 보다. 담임도 다른 선생님들과 똑같을 뿐인데, 아이들이 속고 있다고 생각한 것이다. 그러던 5월 어느 토요일, 숙직이라 학교에 있는데 초저녁에 은정이가 찾아왔다. 술 냄새를 풍겨 왔다.

"선생님도 공부 잘하는 아이, 부잣집 아이를 더 좋아하면서 모든 아이를 평등하게 대하는 척 거짓말하고 있어요. 선생님은 이중인격자예요. 친구들이 모두 속아 넘어가고 있지만 나는 다 알 수 있어요. 더 이상 우리를 속이지 마세요."

간신히 달래서 돌려보냈지만, 마음속에 그런 생각이 정말 없는지 혼자반성했다.

7월 초 은정이가 가출을 했다. 서울로 갔다고 했다. 사방으로 수소문해봤지만 찾을 수 없다. 어머니는 걱정도 안 한다. 2학기가 되니 제적시키라며 교감 선생님이 재촉했다. 그러나 꼭 돌아올 것으로 믿고 기다렸다. 그러던 9월 중순쯤 동네 언니와 함께 있다는 공장 주소를 알아냈다. 학급 전원이 편지를 써서 보냈다. 그리고 추석 가까운 9월 말에 학교로 돌아온 은정이는 아무 일 없었다는 듯 천연덕스럽게 교무실로 들어섰다.

"나 학교 다시 다녀도 돼요?"

"그럼 다녀야지."

"반성문, 며칠이나 써야 돼요?"

"반성하면 되지, 반성문은 안 써도 돼."

"내일 소풍 간다는데, 가도 돼요?"

"당연히 함께 가야지."

다음 날은 마침 가을 소풍이었다. 전체 오락시간, 하얀 바지에 빨간 티셔츠를 입은 은정이는 앞에 나가 누구보다 앞장서 신나게 춤추고 놀았다. 멀리서 지켜보던 선생님들이 가출했다가 석 달 만에 돌아온 아이가 너무 뻔뻔하다고 혀를 찬다. 걱정된다며 담임인 나를 안쓰럽게 보았다. 하지만 은정이는 지금 속으로 울면서 몸부림치고 있었다. '나 기죽지 않았다.'고 온몸으로 외치고 있는 것처럼 보였다. 아무 일 없었던 것처럼 모두 앞에서 보이지 않고는 스스로의 자존심을 잠시도 지킬 수 없을 것 같은 생각이었을지도 모른다.

그 후 은정이는 그럭저럭 졸업을 하고 인근 여고에 진학했으나 한 학기를 채 못 마친 채 담임 선생님과 사소한 다툼 끝에 가출해 버렸고, 가출한 지 일주일 만에 돌아 왔으나 이미 퇴학 처리가 되어 버려 그길로 서울로 가 버렸다. 공장에 있다는 얘기, 시내버스 안내양을 한다는 얘기가 소문으로 들려왔다.

6년 만에 은정이에게서 전화가 왔다. 추석 직전이었다. 우연히 만난 옛날 같은 반 친구에게서 연락처를 알았다며, 술 한 병과 우리 아이들 선물을 사 가지고 고향집 찾는 딸처럼 왔다. 6년 만에 다시 만난 은정이의 짙은 화장에 화려한 빛깔의 옷들은 평범한 회사원이 아니라는 것을 짐작하게 했다.

막연한 반가움에 달려왔으련만 내 얼굴을 보자 갑자기 옛날 자존심이 되살아난 것인지 별말이 없었다. 그러기를 한참. 어렵게 입을 열고 난 뒤 내게 물었다.

"선생님 나 뭐하는 줄 아세요? 술집에 있어요."

자조적인 말투가 가슴을 후볐다. 그리고 신산고초의 사연을 얘기할 때쯤에 내 눈에서 먼저 눈물이 흘렀다.

"선생님, 나 선봤어요."

같이 있는 동료가 소개해 경기도 어느 농촌 총각과 맞선을 봤는데, 성실하고 괜찮아 보였다고 한다. 그런데 그만뒀단다. 왜 결혼하지 그랬느냐고 묻자,

"사람이 너무 착하게 생겼어요."

너무 착해서 자기를 믿고 살 남자에게 거짓말로 자신의 과거를 속이며 살 수 없을 만큼 은정이에게 착한 마음이 남아 있었다. 밤새 이야기하며 많이 울었다. 다음 날 떠나보내며 나는 이렇게 말했다.

"은정아, 어디에서 무엇을 하고 살든지 건강해라. 특히 마음 건강해라. 너의 지금 삶이 매우 떳떳한 것은 아닐지라도 너 혼자만 책임져야 할 것도 아니다. 함께 일하는 네 친구들을 위해 마음으로나마 네가 할 수 있는 일을 찾아 해라. 같이 있는 젊은 나이의 남자 웨이터들이나 너와 같은 처지의 친구들을 진심으로 사랑해라. 세상 사람들 앞에 조금도 비굴해지지 말고, 그들을 무작정 미워하지도 말아라. 그저 네 시간들을 소중히 살면 된

다."

　그 뒤 내가 구속되고 또 이사를 다니는 바람에 연락이 끊어졌지만 은정이
는 지금도 내 마음의 빚으로 남아 있다. 마음속 깊이 있는 착한 성정만큼 복
받고 살았으면 좋겠다.

교단에서 만난 하느님

1983년 나는 대천여중에 근무하고 있었다. 3학년 11반 담임을 맡아 62명의 아이들과 함께 생활했다. 학급 아이들 하나하나를 빼놓지 않고 고르게 관심을 기울이려고 애썼지만 늘 제대로 되지 않아 많이 속상하던 시절이다. 한 학급이 40명만 된다면 모든 아이들을 잘 챙겨줄 수 있을 텐데 하며 아쉬워했다. 나중에 30명도 채 안 되는 학급의 담임을 맡은 적이 있는데 미처 챙겨 주지 못한 아이가 생겼을 때, 그때를 생각하며 게을러진 생활을 깊이 반성하기도 했다.

아직 교사 초년생 시절이고, 젊었을 때라 시행착오도 많았겠지만 어쨌든 아이들과 열심히 부대끼며 살아 보려고 무던히 애를 많이 썼다. 학생들을 여섯 모둠으로 나누어 학급의 모든 일을 모둠별로 나누어 운영했다. 뿐만 아니라 요일을 정해 일주일에 한 번씩 내게 편지를 쓰게 하고, 나는 일주일 두 차례 학급 전체에게 하고 싶은 얘기를 답장으로 써서 교실 뒤에 걸어 두고 함께 읽어 보게 했다. 이 편지를 통해 아이들의 가정환경이나 생활에 대해 많은 것을 알 수 있었고, 학급 친구들끼리 편지를 주고받는 일이 자연스러워지고, 학급 분위기가 화목하게 변하는 계기가 되기도 했다.

모둠별로 모둠 이름을 짓고, 모둠 노래를 만들어 학기 초에 모둠 노래 뽐내기와 모둠별 장기자랑을 하고 함께 잔치 떡을 만들어 먹기도 했다. 학생들의 자리도 여섯 뭉텅이로 만들어 모둠끼리 앉게 했는데, 주마다 돌아가며 앉게 하여 모든 학생이 교실의 모든 자리에 한 번 이상 앉아 볼 수 있게 했다. 학기 초에 늘 하는 교실 환경 미화 때도 판을 여섯 개 짜 주어 아이들이 모두 참여하여 스스로 꾸며 보도록 했다. 환경 미화 심사 결과는 늘 뒤처졌지만 제 교실을 직접 꾸미고 일 년 내내 고치고 관리하도록 해서 주인으로 살아가게 배려하고 싶었다. 특히 환경을 꾸밀 때는 62명 모두 남아서 한 사람도 빠짐없이 못 하나 박는 일이나 풀칠이라도 반드시 참여하도록 강조했다. 아무리 그럴듯한 작품이라도 한두 사람의 솜씨로 만들어진 것보다는 함께 만든 작품이어야 한다고 강조했다. 그러니 교실은 온통 난장판이 되고 시골 장날보다 더 부산스러웠지만 아이들은 즐거워했다.

모둠별 일기 쓰기, 노래 겨루기, 촌극 대회 같은 행사나 학급신문 만들기, 이웃 고아원 방문 같은 활동도 벌이고 점심 식사도 교실에서 모둠별로 모여 먹게 했다. 물론 나도 교실에서 아이들과 함께 점심을 먹었다. 처음에는 너무 조용히 먹다가 모두 체하지 않을까 걱정해야 할 정도였다. 선생님이 자기들 식사하는 것까지 감시한다는 느낌을 가졌을지도 모른다. 특히 몇몇 선생님들은 학생들끼리 즐길 수 있는 점심시간의 자유마저 빼앗

은 것 아니냐고 핀잔을 주기도 했다. 그러나 걱정할 일은 아니었다. 한 달
도 지나지 않아 우리 교실은 다른 어느 교실보다 충분히 즐겁고 소란스러
워졌다. 상추를 한 바구니 따 와 함께 게걸스럽게 먹다가 웃기도 하고, 가
사실에서 큰 그릇을 빌려 와 거기에 도시락 몇 개를 쏟아붓고 비빔밥을 만
들어 서로 많이 먹으려고 머리를 박고 숟가락질을 해대기도 했다. 점심을
싸 오지 않는 친구가 있어도 서로 나눠 먹을 줄 알았고, 자취하는 친구들은
밥만 싸오도록 규칙을 만들기도 했다. 그 아이들 중에는 15번 주식이도 있
었다.

주식이는 별로 말이 없고 친구도 적었다. 성적은 좋지 않지만 집에서
궂은일을 많이 하는 아이였다. 5월 가정방문 때 주식이 집에 간 적이 있었
다. 어둑어둑해질 무렵이었는데, 부엌에 있던 주식이 대신 몸이 불편하신
할머니가 맞아 주셨다. 부모님께서는 모두 막노동을 다니시느라 밤이 되
어야 돌아오시는 까닭에 주식이가 살림을 도맡아 하고 있었다. 할머니는
당신의 병 수발과 두 동생을 포함한 식구들의 빨래와 밥 그리고 청소까지
도맡아하면서도 불평을 늘어놓는 일이 없는 주식이를 칭찬하셨다.
주식이는 거의 초등학교 때부터 그렇게 살았다고 했다. 장래 희망이 무
엇이냐고 물으면 수줍게 '좋은 엄마요.'라고 대답하던 주식이는 아이들에
게 살림을 맡기지 않아도 되는 그런 평범한 가정의 어머니를 꿈꾸고 있는
것 같았다. 부모님이 함께 일을 다니셨지만 집안 살림은 몹시 가난해서 힘
들어 보였다.

그런데 9월 어느 날 교통사고로 주식이가 그만 하늘나라로 가 버렸다. 장날 자전거를 타고 가다가 경운기에 받혔는데, 그 자리에서 운명해 버렸다. 그렇게 주식이가 떠난 뒤에 주식에 대한 새로운 얘기들이 들려왔다. 6월부터 점심시간마다 주식이가 우리 학급 화장실 청소를 했다는 것이었다.

학교에서 학생들이, 특히 여학생들이 아주 하기 싫어하는 일 가운데 하나가 청소이다. 하기 싫은 일을 억지로 해야 하는 것은 고통이다. 물론 교육적인 효과도 기대하기 어렵다. 그래서 청소 일을 자잘하게 나누고 아이들 모두에게 맡겼다. 칠판 닦는 일, 지우개 터는 일, 첫 번째 유리창 닦는 일, 쓰레기통 비우는 일…… 이렇게 나누어 아이들에게 책임질 일거리를 주었다. 자기가 맡은 곳을 쉬는 시간이나 점심시간 등 평소에 수시로 닦으면 따로 청소 시간이 필요 없어 효과적이었지만, 소극적인 아이들이나 고민아, 부진아로 일컬어지는 아이들이 활발하게 자기 맡은 일을 해 내는 것을 볼 수 있는 것도 큰 기쁨이었다. 다만 교실 청소는 아이들이 간 뒤에 할 수 있기 때문에 동네별로 한 달씩 돌아가며 하게 하고, 화장실 청소는 주번이 맡기로 했다. 주식이는 점심시간에 보리차 떠 오는 일을 맡았다.

6월 초. 교내 청소를 담당하던 선생님이 우리 학급 화장실 청소가 엉망이라고 지적했다. 그래서 종례 시간에 화를 내고 길게 설교한 일이 있었는데, 그 이후에 주식이가 날마다 청소를 한 모양이다. 쉬는 시간에는 화장실에 줄을 서지만 점심시간에는 매우 급한 친구를 제외하면 밥 먹는 일이 바빠 화장실에 오히려 사람이 적다. 보리차를 뜨러 가는 길에 화장실에 들러 간단히 청소를 했던 모양이다. 공부 잘하는 아이들, 집안이 여유 있어서 화분이나 학급 비품을 가져오는 아이들, 갖가지 재주로 각종 대회에서 상을 받는 아이들, 활달한 성격으로 학급 일에 적극적인 아이들······ 이런 친구들을 보면서 주식이는 나름대로 학급을 위해 할 일을 찾았고, 모든 친구들이 싫어하는 일을 아무도 모르게 드러내지 않고 계속해 왔던 것이다.

그런데 이런 사실을 다만 몇 명의 아이들만 알고 있었을 뿐 대부분의 아이들도 눈치 채지 못했고, 누구보다 담임인 나는 아이가 죽은 다음에야 그 사실을 알았다. 조금만 더 관심을 가지고 살폈으면 눈치챘을 테고, 그랬으면 칭찬이라도 해 줬을 텐데······ 하는 아쉬움이 마음을 아프게 했다. 늘 아이들과 함께 살면서 아이들을 이해한다고 큰소리쳐 댔으면서도 아이들을 제대로 보지 못하고, 아이들 앞에서 주식이에게 감사하고 칭찬하는 말 한마디 하지 못한 것이 지금도 마음에 응어리로 맺혀 있다. 그때 나는 내가 가장 열심히 아이들을 이해하며 살아가는 교사라는 오만에 빠져 있었고, 그것이 좀 더 정성스럽고 세심하게 그리고 겸손하게 아이들을 섬기지 못하게 한 것이 아니었나 싶다.

주식이는 내게 '누구든지 이 어린아이와 같이 자기를 낮추는 사람이 가장 큰 사람이다.'(마태 18:4)라는 말씀을 두고두고 새기게 해 주었다.

전과 8범의 단식

　서울시 서대문구 현저동 산 1번지, 그곳에서 김영철 군을 만났다. 1987년 6월 항쟁의 뜨거운 열기가 아직 식지 않은 8월 말경, 집회 및 시위에 관한 법률 위반으로 구속되어 머물게 된 서대문 교도소가 그곳이다. 9사 상6방. 아홉 번째 사동의 위층 여섯 번째 방을 부르는 이름이다. 일제 강점기에 항일 운동을 하다 옥고를 치른 독립운동가들부터 건국 이후에도 숱한 사상범이나 양심수들이 주로 9사와 10사에 수감되었던 전통 있는 곳이다. 그래서 과천으로 교도소가 옮겨 간 후 여자 죄수가 수감되었던 여사 건물과 사형수들의 형을 집행하던 곳과 함께 9사와 10사 건물은 역사 유적지로 보존되어 현재까지 현대사 교육 장소로 남아 있다.

　여덟 명이 함께 지낸 방에서 영철이는 막내였다. 나이도 정확히 알진 못하지만 소년수 경력을 포함해서 전과 8범이란 사실이 믿어지지 않을 만큼 얼굴이 착하게 생긴 스무 살 청년이었다. 학교라고는 초등학교도 다녀 본 일이 없다는 영철이는 '교사가 교도소에 들어와 함께 지내는 것이 신기한 듯 틈만 나면 곁에 와서 이것저것 물어보곤 했다.

'왜 들어 왔느냐, 싸움은 잘하느냐, 아이들 많이 때려 봤느냐, 선생님 하면 돈은 얼마나 버느냐, 식구들은 몇 명이냐, 집은 어디냐…….'

묻는 대로 대답해 주고 나서는 다시 영철이에게 같은 내용을 되물어보곤 했다. 스무 살 나이에 어쩌다가 여덟 번씩이나 전과를 쌓게 되었는지, 그의 세상살이가 궁금한 것이 사실이었으니까.

영철이는 제 고향이 어디인지, 나이는 정확하게 몇 살인지, 생일은 언제인지, 도무지 아는 것이 없다. 경상도 어디인가가 고향인 것 같다고만 했다. 여섯 살 때쯤 함께 살던 엄마가 없어졌다. 날마다 동네 앞에서 엄마를 기다렸는데 누군가 엄마가 서울로 도망갔다고 알려 주었다. 서울이 어디인지는 모르지만 기차 타고 가면 갈 수 있다고 했다. 엄마가 너무 보고 싶어서 어느 날 무작정 기차를 탔다. 기차에서 밤이 되었고 실컷 잠을 자고 났더니 사람들이 모두 내렸다. 따라 내렸다. 서울에 왔으니 금방 엄마를 만날 수 있을 줄 알았다. 그곳이 청량리역이었다.

엄마는 없고 대신 역 근처에서 지내던 형들을 만났다. 형들이랑 버스를 타고다니면서 껌팔이를 했다. 역 근처 예쁜 누나들에게도 껌을 팔았다. 잠은 역 근처에서 잤다. 그렇게 몇 년이 지나고 나니 엄마 얼굴도 다 잊어버렸다. 가게에 들어가 물건을 훔치는 형들을 따라 다니다가 잡혀 처음으로 경찰서에 갔다. 형들은 소년원에 갔고, 영철이는 나이가 어리다고 혼자 내보내졌다.

갈 곳이 없었다. 구걸도 하고 굶기도 하고 처음 보는 아이들한테 매를 맞기도 했다. 그러다가 때린 애들과 함께 살게 됐다. 낮에는 구걸을 하고 밤에는 남의 가게에 몰래 들어가 물건을 훔쳤다. 영철이는 주로 망을 봤다. 훔친 물건 중에 먹을 것은 먹고, 팔 것은 팔았다. 그렇게 또 잡히지 않고 몇 년이 지났다. 그러다가 담이 높은 어느 부잣집에 몰래 들어갔다가 잡혔다.

경찰 아저씨가 몇 살이냐고 물었다. 잘 모른다고 했다. 나이도 모른다고 많이 맞았다. 아저씨가 영철이에게 열다섯이라고 했다. 아저씨는 그전에도 이 동네 부잣집에서 도둑질한 일이 있느냐고 다그쳤다. 물건을 훔친 일은 많았지만 이 동네 집에 들어간 것은 처음이라고 했다. 또 거짓말한다고 맞았다. 그래서 그랬다고 했다. 아저씨는 도둑질한 날짜와 장소를 알려 주었다. 그리고 국밥을 사 주었다. 재판을 받았다. 경찰 아저씨가 가르쳐 준 대로 세 번 도둑질한 것을 외워서 틀리지 않게 얘기했다. 소년원에 갔다.

영철이는 한글을 모른다. 자기 이름만 쓸 줄 안다. 유명한 간판은 읽을 줄 알지만 글자를 아는 것은 아니다. 그 뒤로 도둑질하다 잡히면 경찰에서 '보따리 싸 주는' 대로 받았다. 해결되지 않은 작은 사건들을 비슷한 범죄를 짓고 들어온 범인에게 뒤집어씌워서 해결한 것처럼 처리해 버리는 것을 감옥에서는 '보따리 싸 주기'라고 한다. 영철이의 전과는 제가 한 것과 남이 한 것을 대신 보따리 싸서 받은 것이 반반인 셈이다.

나는 영철이에게 한글을 가르치기로 했다. 영철이가 자주 쓰는 말을 글자로 적어 주고 써 보게 했다. 재미있어하면서 배운다.

"선생님, 집에 비디오 있어요?"

"없어."

"오디오는요?"

"없어."

"그럼 내가 갖다줄 게요."

"어디 있는데?"

"가게에 가면 많아요."

그러면 나는 어이없는 웃음을 웃는다. 그리고 그것이 해서는 안 되는 일이라고 말해 준다. 그래도 영철이는 잔뜩 쌓여 있는 것 중에 하나쯤 꼭 필요한 선생님께 갖다주는 일을 포기하려고 하지 않는다. 안 잡히게 옮길 자신이 있고, 혹시 걸려도 교도소에 다시 왔다 가면 그뿐이라는 태도다. 그렇게 영철이랑 가까워졌다.

나는 그때 처음으로 성경 통독을 하고 있었다. 허락된 책이 공동번역 성서와 소설 몇 가지였기 때문이기도 했지만, 성경을 처음부터 끝까지 읽어야겠다고 마음만 먹다가 모처럼 기회가 왔기 때문이었다. 날마다 그날 읽은 구절을 내 멋대로 해석해서 영철이에게 얘기해 주기도 했다. 재미없는 얘기도 영철이는 열심히 들어주었다.

잠들기 전에 손을 잡고 함께 기도했다. 하느님께 간절히 기도하면 들어주실 거라고 얘기하면 눈이 빛나면서 "잊어버린 엄마 얼굴이 생각나면 좋겠어요." 하면서 혼자 기도하기도 한다.

나는 감옥 속에서도 특별한 대우를 받는 소위 양심수였고, 영철이는 전과가 여덟 번인 절도범이지만, 하느님께 누구의 기도가 더 간절하고 누구의 마음이, 누구의 영혼이 더 소중할지 생각하면 아무래도 나보다는 영철이라고 생각했다. 며칠 뒤 영철이의 단식 사건을 보면서 그 생각에 확신을 갖게 되었다.

교도소의 저녁 식사는 매우 이르다. 오후 네 시 반이면 식사를 한다. 일과 시간 중에 식사를 마치고 모든 방의 열쇠를 교도소 밖으로 내가야 하기 때문이다. 이른 저녁을 먹고 뒤쪽 창살 밖으로 멀리 보이는 인왕산에 머무른 그날의 마지막 햇살을 바라보면 다들 마음이 쓸쓸해지고, 사회에서 생활하던 소중한 이웃들과 자유에 대해서 생각에 잠기곤 한다.

영철이는 일어나서 창살을 잡고 매달려 바깥 쳐다보기를 좋아한다. 우리 방 옆에는 수감자들을 위한 음식을 준비하는 식당과 빨래하는 곳이 있다. 낮에는 그곳에 지나다니는 다른 수감자들이나 교도관들을 볼 수도 있고, 그 식당 지붕에 가득 내려앉은 비둘기들을 볼 수도 있다.

가을비가 을씨년스럽게 내리던 11월 말경이었다. 창살에 매달려 있던 영철이가 무엇을 보았는지 나를 다급하게 불렀다. 평소 비둘기 떼가 있던 지붕에는 비를 피하려고 다들 숨었는지 한 마리만 남아 있다. 그런데 비둘기는 날아올랐다가는 다시 제자리에 내려앉는다. 영철이는 거의 울상이 되어 어쩔 줄 몰라 한다. 자세히 보니 비둘기의 발목에 끈이 묶여 있고, 그 끈의 한 끝이 슬레이트 지붕에 박은 못에 감겨 있어 비를 피해 날아가지 못하고 있다.

수감자들은 창가에 먹을 것을 놔두고 그걸 먹으러 날아오는 비둘기들을 친구 삼아 지내는 일이 흔히 있다. 그런데 더러는 자기 비둘기 표시를 하기 위해 찾아온 비둘기 발목에 끈 같은 것을 묶어 두기도 한다. 수감자들의 자살을 막기 위해 감옥에는 일체 끈 같은 것이 허락되지 않지만, 간식으로 들어오는 빵 봉지를 찢어 노끈처럼 끈을 만들어서 쓴다. 방 안에 빨랫줄을 만들기도 할 정도로 그 끈은 질기고 튼튼하다. 누군가가 그렇게 만든 긴 끈을 장난삼아 비둘기 발목에 묶어 놓았는데, 그만 그것이 못에 감겨 비둘기는 오도 가도 못하게 된 모양이다.

그날 밤 영철이는 도무지 잠들지 못하고 뒤척였다. 날이 새기도 전에 일어나 창살에 매달렸다. 지붕 위의 비둘기는 그대로 앉아 있었다. 비는 다행히 그쳤지만 겨울을 재촉하는 늦가을 날씨는 매우 차갑다.

"저 비둘기 내려 달라고 선생님이 부탁하면 안 돼요? 선생님이 부탁하면 들어줄 텐데……."

평소 양심수들에게는 교도관들이 특별히 친절하게 배려해 주는 것을 영철이도 알고 있었다. 교도관에게 부탁했으나 들어주기 어렵겠다고 난처해한다. 지붕에 올라가려면 사다리가 필요한데 특별히 필요한 때 절차를 밟아서 허락을 받고 들여와야 된다 한다. 높은 교도소 담을 넘어갈 수 있는 도구인 사다리를 교도소 담장 안으로 들여오는 일이 특별한 공사가 있을 때를 제외하고는 어렵다는 것이다. 비둘기 발목의 실을 풀어 주기 위해 사다리 들여 오는 일을 신청할 수는 없다는 것이다.

안 된다는 얘기를 들은 영철이는 풀이 죽은 채 아예 창살에 붙어 지낸다. 평소 간식 시간이면 가장 왕성한 식욕을 보였는데, 간식조차 먹지 않는다. 종일 창살에 매달려 찬바람을 쐰 탓만은 아닐 텐데 영철이 몸이 열로 뜨거워졌다. 어두워져서 밖이 보이지 않게 된 뒤에야 자리에 누운 영철이는 오늘도 잠 못 들고 뒤척이다 늦게 잠들었는데, 새벽에 보니 몸이 불덩이고 이마에 식은땀이 줄줄 흘러내린다.

의무과에 가서 감기 몸살 약을 받아 왔는데 누워 있으라고 해도 말을 안 듣고 다음 날도 창살에 매달린다. 비둘기는 이제 힘이 완전히 빠진 듯 잘 움직이지도 않는다. 그런데 오후부터 겨울을 앞당기려는 비가 다시 내린다. 비둘기는 날아오르는 것도 포기한 듯 앉아 있다. 영철이는 저녁을 먹지 않았다. 약도 먹지 않았다. 어두워진 뒤에도 창살을 붙잡고 있다. 차마 그만 내려와 자라고 얘기할 수도 없다. 나도 걱정스러워 늦게야 잠이 들었다. 늦게 일어나 보니 영철이가 옆에 누워 있다. 깊이 잠들어 있다. 몸에 열은 여전하고 땀도 많이 흘린다. 살그머니 일어나 창살가로 갔다. 걱정스레 지붕을 쳐다보았다. 아, 비둘기가⋯⋯.

배고픔과 추위 때문이었을까? 외로움 때문이었을까? 그렇게 비둘기는 죽어 버렸다. 그리고 영철이는 밥을 먹지 않았다. 감기 몸살 때문에 입맛이 없어 못 먹는다고 얘기했지만 안 먹는다는 것을 알 수 있었다. 양심수들은 소리 내어 광고하고, 지키는 간수들과 요구 사항을 놓고 싸움의 수단으로 단식을 하지만, 도둑놈인 영철이는 아무도 모르게 혼자서 단식을 하고 있는 것이었다.

영철이가 사흘 동안 비둘기를 바라보면서 안타까워할 때 무슨 생각을 했을까 짐작이 되지 않는다. 혹시 날아가려 아무리 애써도 꼼짝도 할 수 없는 비둘기에게서 영철이 자신을 보았을지도 모른다. 이 세상에서 사람답게 살려고 아무리 발버둥쳐도 벗어나지 못하고 범죄와 교도소의 쳇바퀴 도는 듯한 삶에서 벗어날 수 없는 자신을 느꼈을지도 모른다.

깜깜한 밤에 비를 맞으며 추위와 배고픔 그리고 외로움과 두려움에 떠는 비둘기의 마음을 영철이만은 이해할 수 있었을지도 모르겠다. 아무도 돌보지 않고 하찮게 여기는 비둘기의 죽음을 자기 자신의 일로 받아들였는지도 모르겠다. 함께 아파하지 않는 모든 주위 사람들이 원망스럽지만 아무것도 할 수 없는 힘없는 자기 자신이 처음으로 안타깝고 미워졌을지도 모르겠다.

사흘 동안 영철이만의 단식은 계속되었다. 그 사흘 내내 말도 별로 없었다. 작은 생명 하나를 소중히 여길 줄 아는 그에게서 나는 많은 것을 배웠다. 성경 읽기도 중단한 채 나를 돌아봐야 했다. 그리고 정성껏 비둘기의 영혼을 위해 함께 기도 드렸다. 처음으로 작은 생명의 죽음을 애도했다. 영철이 손을 잡고 그의 상한 마음을 하느님께서 어루만져 주시기를 간절하게 부탁했다.

며칠 후 양심수들의 집단 투쟁이 있어 싸우다가 나는 다리를 다쳐 함께 지내던 사람들과 인사도 나누지 못한 채 환자들을 따로 수용하는 병사로 옮기게 되었다. 그 뒤로 영철이 소식을 듣지도 못했고, 만날 수도 없었다.

이제는 사십대 후반이 되었을 영철이가 아직도 맑은 영혼을 잃지 않고 어딘가에서 따스한 가정을 꾸리고 행복하게 살고 있었으면 좋겠다.

사랑의 우체통 배달부

해직 이후 10년 만인 1998년 9월 말에 나는 충남 부여에 있는 세도중학교로 복직했다. 지역 방송에서 10년 만의 복직을 취재하겠다고 따라와서 텔레비전 방송 카메라와 함께 첫 출근을 해야 했다. 난감했지만 이미 학교에서 취재해도 좋겠다는 허락을 받아 놓았다니 강하게 거절하기도 어려웠다. 장학사 한 분만 와도 학교가 손님맞이 한답시고 법석인데, 방송 카메라가 왔으니 아이들이 얼마나 청소에 시달렸을지 짐작이 가서 미안했다.

교감 선생님의 과장된 환영, 교무실 선생님들과 어색한 인사, 10년 만에 돌아온 교실에서 준비되지 않은 아이들과 만남 그리고 수업 등 몸에 맞지 않는 옷을 입은 것마냥 불편해하면서 하루를 지내야 했다. 아이들이 모두 돌아간 교실에서 창밖을 보며 지난 세월을 생각하고 앞으로의 계획을 다짐하는 연출된 모습까지 무사히 촬영을 마쳤다. 점심시간이나 쉬는 시간에 선생님들이 말려도 듣지 않고 우르르 카메라를 따라 몰려다니던 아이들도 모두 집으로 돌아갔다. 촬영 팀을 배웅하고 퇴근 준비를 하려는데 혼자서 슬그머니 다가온 아이가 있었다. 진철이었다.

내일도 방송국 카메라가 오느냐, 오늘 찍은 것은 몇 시에 방송되느냐, 선생님은 유명한 사람이냐, 1학년인데 우리 반을 가르치게 되느냐, 집은 어디냐…… 참 궁금한 것이 많은 아이였다. 퇴근 시간까지 집에 가지 않고 곁에서 말을 시키더니 선생님들이 일어서자 먼저 현관으로 달려 나간다. 선생님들의 신발을 꺼내 가지런하게 놓아 주고, 벗어 놓은 실내화를 신발장에 챙겨 넣는다. 그러다 내가 나오자 난감해한다. 내 신이 어디 들어 있는지 모르기 때문이다. 내가 맨 아래 칸에서 신을 꺼내 신자 재빨리 실내화를 집어 들더니 중간쯤의 한 칸을 가리키며, "여기가 비었으니 내일부터는 이곳에 넣으세요." 겸연쩍어하며 알려 준다.

다음 날, 사실상 첫 출근이라 설레는 마음으로 일찍 학교에 닿았다. 아직 아이들도 별로 오지 않았다. 그런데 진철이는 벌써 등교하여 중앙 현관에서 기다리고 있다. 교문에 들어서는 내 모습을 확인하고는 얼른 실내화를 꺼내 신기 좋게 놔두고 달려와서는 가방을 빼앗아 든다. 벗은 구두를 신발장에 넣어 주고는 또 앞서 달려가 교무실 문을 열어 준다. 내 책상에 가방을 올려놓더니 컴퓨터까지 켜 주고는 씨익 웃는다. 하는 짓이 고맙고 그 표정이 귀엽다. 첫 출근 날, 참으로 귀한 선물을 받은 느낌이다.

그러고는 다시 현관으로 가서 다음 선생님을 기다린다. 교감 선생님이 나타날 때까지 일찍 오는 모든 선생님을 진철이는 날마다 이렇게 맞이한다. 교실에 들어가 조용히 자습하라는 교감 선생님 때문에 억지로 교실로 들어갈 때까지. 어쩌다 출장으로 교감 선생님이 늦게 나오시는 날이면 진철이는 끝까지 모든 선생님을 맞이할 수 있다. 교실에 가도 특별히 공부할 것이 없다는 것을 선생님들이 모두 알기 때문에 아무도 들어가라고 얘기하지 않는다.

특수학급을 만들어서 지도해야 하는 아이들이 해마다 한두 명씩은 있다. 그러나 학교 현실이 그 형편을 따라가지 못하기 때문에 친구들과 어울리지 못하고 주위만 맴돌며 지내는 안타까운 일이 늘 벌어지곤 한다.

학교에 '사랑의 우체통'을 만들었다. 친구들과 선생님께 편지를 쓰고 서로 답장을 해 주면서 사랑과 우애를 나누게 하고 싶었다. 말로 하지 못하는 얘기를 주고받으며 관계가 더 넓고 깊어질 것을 기대했다. 글쓰기 지도에도 도움이 될 것으로 기대했고, 컴퓨터나 텔레비전에서 아이들을 해방시키고 싶었다. 정성껏 펜으로 쓴 편지를 받는 기쁨을 일러 주고 싶었다. 생각한 것 이상으로 아이들이 열심히 편지를 주고받았다.

그런데 진철이에게는 편지가 오지 않았다. 친구가 없기 때문이다. 내가 먼저 편지를 보냈다. 편지를 들고 다니며 친구들과 선생님들께 편지 받았다고 자랑한다. 그리고 다음 날 짧은 답장이 왔다. 물론 다시 답장을 보냈다.

시간이 흐르자 아이들 가운데 진철이에게 편지 보내는 여학생들이 생기기 시작했다. 그 아이들은 평소 편지를 받지 못하는 친구들이나 행정실 직원들, 급식실 어머니들, 교장·교감선생님들께도 편지를 썼다. 진철이는 받은 편지를 차곡차곡 모아 늘 가방에 넣고 다니며, '나 오늘까지 편지 몇 통 받았게요?' 먼저 물으면서 자랑이다. 소외된 외로운 이웃에 눈 돌릴 줄 알게 된 아이들이 대견스럽고, 진철이에게 친구가 생기고 학교 다닐 새로운 이유가 하나 더 생겨 기뻤다.

다음 해 한수가 입학했다.

그런데 한수는 장애가 진철이보다 더 심했다. 이름 말고는 한글도 쓰지 못하고, 발음도 제대로 안 돼서 말을 알아듣기도 힘들었다. 진철이는 성적이 나빠도 친구들과 의사소통에는 문제가 없고 친구들과 어울리지 못하는 정도였는데, 한수는 아예 의사소통이 어렵다.

이제 중앙 현관에서 선생님을 기다리는 사람이 둘로 늘었다. 서로 먼저 선생님 신을 꺼내거나 가방을 받아들려고 다투기도 하지만 둘이는 친하게 지냈다. 둘은 점심시간에도 꼭 함께 밥을 먹는다. 교감 선생님이 출근하셔도 한수는 남아서 끝까지 선생님들을 맞는다. 한수에게는 교감 선생님조차 자습하러 가라고 얘기하지 않는다. 선생님들의 출근이 끝나면 한수는 행정실로 간다. 그리고 학교에 작은 작업이라도 있으면 교실에 갈 생각은 않고 아저씨들과 함께 일을 한다. 가지치기한 나무를 나르기도 하고, 나무 옮겨 심는 일을 돕기도 한다.

이렇게 한수는 삼 년 내내 행정실장을 담임 선생님처럼 따라다녔다. 사람 좋은 행정실장과 직원들도 자식처럼 한수를 아끼고 많은 얘기를 주고받았다. 일하는 방법을 가르쳤다. 그러면서 천천히 말하는 법을 가르치려

애썼다. 한수에게 행정실 아저씨들은 진짜 선생님이었다.

전교조 본부에 1년 간 파견되어 상근을 하고 돌아오니 한수만 나를 맞아 준다. 진철이는 근처 실업계 학교에 진학했기 때문이다. 친구는 없어도 행정실이 있어서 한수는 행복하다. 가끔 한수는 "어이, 국어!" 이렇게 나를 부르며 장난을 친다. 가끔 사탕을 주기도 한다. 좋아하는 여학생 이름을 행정실장이 알아내서 그 이름을 쓸 수 있게 가르쳤다. 그 이름을 종이에 써서 내게 보여 주면서 "태숙이, 이뻐." 하고는 다시 그 종이를 소중히 접어 안주머니에 넣고 아무 일 없었다는 듯 천연덕스럽게 돌아서기도 한다.

비 오는 날 우산도 없이 질퍽거리며 교문까지 달려와 선생님들의 가방을 들어 주며 반기던 한수도 이제는 졸업하고 없다. 해직된 뒤 학교에 더러 들르게 될 때 반겨 주는 진철이와 한수가 없다는 것이 매우 허전하다. 그 아이들이 내게 얼마나 소중한 정과 사랑을 주었는지, 그 아이들이 떠난 뒤에야 겨우 알아챘다. 두 아이가 건강하게 커서 사회에서 제 몫을 훌륭히 해내면 좋겠다. 그리고 모든 사람이 인간이란 이유만으로도 충분히 소중한 사람으로 대접 받는 세상을 꼭 이루고 싶다.

평범한 엄마를 꿈꾸는 아이

10년 동안의 해직 교사 생활을 끝내고 다시 학교로 돌아갔을 때 아이들이 전혀 낯설지 않았다. 먼저 복직한 교사들에게서 요즘 아이들이 예전 같지 않다는 말을 많이 들었는데, 나는 그런 느낌을 별로 받지 않았다. 교실 붕괴니 학교 붕괴니 하는 살벌한 말을 들으면서 조금은 걱정도 했는데 그럴 필요가 없었다. 시골의 작은 학교라서 그런지 아이들은 여전히 그 나이에 어울리게 착하고 밝았다. 10여 년의 세월이 흐른 만큼 내가 적응하기 힘든 점은 있었지만 그건 어디까지나 내 문제일 뿐 아이들의 잘못은 아니었다. 특히 외환위기를 겪으면서 어린 학생들까지 문화상품 소비자로 상정하고 거대한 자본을 동원한 공세가 진행되어 청소년들이 개인주의화되어 가고 있는 현실은 안타까웠지만 함께 해결하려고 들면 희망이 아주 없지는 않다는 생각이 들었다.

2학년 여학생 가운데 선미라는 아이가 있었다. 글 쓰는 것을 보면 생각도 깊고 표현력도 뛰어난데, 모든 일을 부정적으로 보고 선생님들께 당돌할 정도로 자주 대들어 문제아로 찍혀 있는 아이였다. 다행히 특별한 계기가 없었는데도 선미는 나에게는 자기 생각을 자주 털어놓았다. 학교에 관한 불만이나 선생님들에 대한 원망이 대부분이었는데, 크게 나무라지 않고 제 얘기를 들어주는 것만으로도 내게는 벽을 두지 않고 모든 얘기를 들려주었다.

겨울방학을 며칠 앞둔 12월 초 어느 토요일, 선미와 평소 가까이 지내던 아이들 둘이 함께 결석을 했다. 혹시 가출이라도 한 것이 아닌가 교사들은 걱정했지만 나는 그런 일이 있을 것 같은 낌새를 전혀 느끼지 못했기에 걱정하지 않았다. 학교 인근 강경 읍내에 나가 노래방이나 피시방을 기웃거리고 있을 거라고 생각했다. 예상대로 세 녀석은 강경과 논산을 돌아다니다가 그날 저녁 선미네 집에서 함께 잤다고 했다. 물론 결석한 사실을 빼고 각자 친구 집에 모여서 놀다가 잠을 잔다고 전화를 했다고 했지만.

다음 날인 일요일에는 온양 근처에서 전교조 모임이 있었다. 뒤풀이를 하고 있는데, 밤 11시경 선미에게서 전화가 왔다. 대천이라고 한다. 세 명이 아침에 바다 구경하러 가자고 해서 버스를 타고 대천에 왔는데, 배고파서 밥을 사 먹고 놀다 보니 버스가 끊어졌다고 한다. 주머니에 돈도 없고 갈 데도 없는데, 웬 아저씨들이 슬금슬금 따라와 말을 걸어 무섭다고 한다. 떨고 있는 모습이 눈에 보이는 것 같다. 지금 서 있는 위치를 자세히 묻고 그 자리에 꼼짝 말고 있으라고 하고는 대천에 사는 후배 선생님께 급히 연락을 해서 아이들을 찾아 데리고 있어 달라고 부탁했다. 한참 뒤 그 선생님이 아이들을 찾아 집에 데려왔다는 연락이 왔다.

새벽에 대천에 들러 아이들을 데리고 학교로 왔다. 후배 교사의 전언에 따르면, 처음에는 바짝 긴장해 떨고 있던 녀석들이 집에 도착하자 안심이 되었는지 눈치도 보지 않고 밤새 수다를 떨다 새벽에야 잠이 들었다는 것이다. 아무 일 없었던 것처럼 학교로 데려왔는데, 그중 보경이 어머니가 걱정되어 이리저리 전화를 하다가 학교에까지 알려지게 된 모양이었다. 토요일에 결석한 일까지 합쳐져 무단 가출을 한 것으로 일이 되어 버렸다. 바다 구경을 가고 싶다고 제안한 것은 보경이었다는데 막상 학교에서는 모두 선미가 아이들을 꾀어 무단결석과 가출을 한 것으로 되어 버렸다. 그런데 무슨 생각인지 선미도 아이들을 부추겨서 제가 저지른 일이라고 얘기해 버렸다. 학교 다니기 싫어서 아주 도망가 버리려고 했다고까지 말하는 데는 오히려 내가 더 당황스러웠다.

며칠이 지난 뒤 왜 그랬느냐고 물으니 '그냥 그렇게 해 버리는 게 편할 것 같아서'였다고 했다. 이미 찍혀 버린 자신이 뒤집어쓰는 게 편하기도 하고, 실제로 늘 학교를 떠나 가출하고 싶은 생각을 하고 있었으니 아주 거짓말은 아니지 않느냐고 천연덕스럽게 얘기했다. 나는 겨우 "너 스스로를 소중히 여기라."는 뻔한 얘기밖에 해 줄 수 없었다.

선미 아버지는 일찌감치 도시에 나가 새엄마를 얻어 따로 살림을 했고, 어머니가 비닐하우스 영농하는 들판에서 간이식당을 하면서 선미와 동생을 키우고 있는데, 늘 엄마가 불쌍하다고 했다. 아버지는 일 년에 한두 번

스치듯 집에 들른다고 했다. 그런 아버지를 그래도 늘 그리워하며 살았는데 초등학교 6학년 때부터 미워하게 되었다고 했다.

그해 어린이날, 선미 아버지는 새엄마라는 여자가 낳은 여섯 살짜리 아이를 데리고 나타났다. 동생이라며 어린이날이니 데리고 나가 맛있는 것도 사 주고 함께 놀아 주라며 용돈까지 주었다고 한다. 그동안 초등학교 6학년이 되도록 선미와 동생은 단 한 번도 어린이날 부모님과 함께 즐겁게 보내지 못했는데, 뻔뻔하게 처음 보는 아이를 데려와 어린이날이라고 함께 놀아 주라고 하니, 그 동생이라는 아이도, 아버지도 죽이고 싶도록 미웠다 한다. 그래서 그 아버지가 속상해할 일이면 아무 일이나 하고 싶었다 한다. 공부도 하기 싫고, 자꾸 신경질 내고, 친구들과 싸우고, 선생님들과 부딪치는 일들이 모두 선미가 아버지를 생각하며 할 수 있는 몸부림이었던 것이다.

그래도 학교에서 벌어지는 편애를 주제로 한 연극 대본을 제 손으로 써서 공연을 하기도 했고, 나와는 참으로 많은 편지를 주고받기도 했다. 비수처럼 날카로운 불만이 가득 담긴 솔직한 편지에서 나는 늘 쓸쓸함과 외로움을 볼 수 있어 안타까웠다. 다행히 실업계 고등학교에 진학을 했고 이제 졸업을 앞두고 있다. 다들 취업이 되어서 나갔는데 몸매가 따라 주지 않아 아직도 취직이 안 됐다고 투정을 부리기도 하지만, 선미는 어려운 청소년기의 고비를 무사히 마쳐 가고 있다.

이제 새봄이 되면 선미는 사회인이 된다. 앞으로 선미 앞에 또 얼마나 많은 시련이 있을지 모른다. 그러나 스스로를 조금 더 소중히 여기며 사랑하고, 이웃과 주변 사람들을 사랑하는 마음을 키워 가면서 건강하게 생활할 것을 믿는다. 선미의 꿈대로 일찍 결혼해서 애들 낳고 가장 평범한 가정을 꾸리게 되면, 그 집 아이들은 결코 선미가 겪은 아픔과 외로움은 겪지 않아도 될 것이다. 그런 선미의 모습을 상상하는 것만으로도, 그때까지 곁에서 지켜볼 수 있는 몫이 내게 주어졌다는 것만으로도 교사로 세상을 사는 내게는 큰 축복이다.

선생님이 못생겼다고 했잖아요

　조합원 숫자가 이십 명이 채 안 되는, 충남에서도 규모가 작은 편인 청양지회의 '교사 학교'에 처음으로 오십 명의 교사들이 모였다. 지부장이라는 직책 때문이기보다는 '올바른 학생 지도 방법'이란 주제의 강연을 맡은 강사로서 신이 난 나는, 평소보다 더 장황하게 이야기를 늘어놓았다. 어제 딸아이에게 들은 사연을 소재 삼아 교사의 언어폭력에 관한 강연을 마쳤다. 딸아이의 사연은 이렇다.

　성적표를 나눠 주던 선생님께서 '이 세상에는 꼭 있어야 될 사람과 있으나마나 한 사람 그리고 없어야 될 사람 세 종류가 있다. 우리 학급에도 마찬가지로 언제나 나쁜 점수를 받아서 학급 평균을 갉아먹는, 없어야 될 사람이 있다.'고 말씀하셨다고 한다. 그러자 아이들은 일제히 늘 성적이 나쁜 친구를 쳐다봤고, 몇몇 개구쟁이들은, "야, 네 얘기야 너." 하면서 떠들었다고 한다. 그 친구는 얼굴이 벌게진 채 책상에 머리를 숙이고 말았다는 것이다.

그때 그 아이의 심정은 어떠했을까? 죽고 싶거나, 누군가를 죽이고 싶은 극단적인 두 생각밖에는 없었을 것이다. 이렇듯 교사들이 함부로 던지는 말에 아이들이 엄청난 상처를 입을 수도, 엄청난 위안을 받을 수도 있음을 강조했다. 선생님들의 뜨거운 박수 소리와 함께 기분좋게 강연을 마쳤다.

막차가 8시면 오기 때문에 일찍 헤어져야 했던 평소와는 달리 오늘은 지부의 승합차로 모셔다 드리겠다는 약속과 모처럼 많이 모여 흥겨운 기분을 쉽게 깰 수 없었던 분위기 탓인지, 막걸리와 김치찌개와 노래가 준비된 뒤풀이 시간까지 거의 모든 선생님이 함께하셨다. 기분이 끝까지 좋아진 나는 시키지도 않았는데 일어나서 재롱도 떨고, 막걸리를 들고 이곳저곳 다니면서 술을 권하고, 권한 만큼의 술을 거침없이 받아 마시면서 적당히 취해 갔다. 그러다가 아까 강연 때부터 눈에 익은, 그러나 어디서 만났는지가 확실하지 않은, 처음 나온 듯한 여 선생님이 조용히 구석에 앉아 있는 것을 보았다. 술을 들고 다가갔다.

"모임에 처음 나오셨지요?"

"네."

"언제 발령 받으셨어요?"

"지난 9월에 청서중학교에 첫 발령을 받았어요. 공주대학교 86학번이에요."

"아, 그럼 우리 후배시구만. 어디선가 많이 본 것 같더니 학교에서 만났나 보네요?"

"아니에요. 저 장동숙이에요. 선생님은 절대 기억 못하시겠지만, 대천여중에서 3학년 때 선생님께 배웠어요."

"아, 그래. 장동숙! 이제 생각난다. 너 8반이었지, 아마. 장영자하고 함께 앉았잖아?"

장 선생은 내가 기억하고 있는 것이 의외라는 듯 약간 놀라는 듯한 표정으로, "저, 실은 선생님 때문에 교단에 서게 되었어요." 한다. 그 소리를 듣자마자 나는 벌떡 일어나 기분 좋게 소리쳤다.

"여러분, 중학교 때 제자 장동숙 선생님을 소개합니다. 장 선생은 제자이자 대학 후배이며, 또 저 때문에 교단에 서게 되었답니다. 다함께 노래 한 곡 청해 들어 봅시다."

노래를 멋지게 부르고 앉은 장 선생은 막걸리도 잘 마셨다. 그리고 내게 다가앉으며 조용히, 그러나 이 이야기만은 해야겠다는 듯 이야기를 시작했다.

"전 다시는 선생님을 뵙지 않으려고 했어요. 그래서 대학 때 선생님이 여러 차례 강연이나 모임에 참석하셨을 때도 인사 드리지 않았어요."

중3 때 동숙이는 나와 가깝게 지내고 싶었고 함께 이야기도 나누고 싶었다 한다. 그래서 시험 때 다른 과목은 제쳐 두고 국어 공부만 해서 백점을 받기도 했으나 나는 전혀 그걸 알아주지 않았다. 여러 방법으로 접근하다가 2학기 들어서는 수업 시간에 엉뚱한 질문을 해서 시선을 끌려고 했단다. 특히 옆자리에 앉은 장영자는 연극반이라서 그런지 나와 친하게 지냈는데, 자기한테는 통 관심을 두지 않는 내가 원망스러웠다고.

그러던 어느 날, 그날도 동숙이가 질문을 하자 내가 이렇게 대답했다는 것이다.

"넌 생기기도 덜 생겨가지고 엉뚱한 소리만 하니?"

그 말을 들은 동숙이는 '그랬구나. 내가 못생겨서 이 선생님이 나를 멀리 했구나!' 하고 생각했다는 것이다.

그때 약사가 되려는 꿈을 포기하고 꼭 중학교 국어 선생님이 되어서, 얼굴이 못생기고 몸이 뚱뚱해도(장 선생은 좀 듬직한 체구다.) 차별 대우하지 않는 선생님이 되어야겠다고 다짐했고, 결국 교사가 되었다는 것이다.

"이젠 괜찮아요. 선생님을 용서하기로 했어요. 그래서 오늘 찾아뵙고 전교조 활동도 열심히 하겠다고 말씀드리려고 했어요. 선생님 힘내시고 열심히 활동하세요."

아! 술이 확 깬 나는 힘없이 자리에서 일어났다. 그러나 확실한 목소리로 지금 들은 이야기를 여기 있는 동지들에게 전해야만 하는 나는 마구 등에 식은땀이 흐르는 것도 나중에야 알 수 있었다.

저는 건달이 되겠어요

요즈음엔 중학교를 졸업하는 거의 모든 학생이 고등학교에 진학한다. 2002년에 내가 담임했던 반 아이들도 모두 진학했다. 그런데 진호만이 고등학교에 입학하지 않았다.

진호는 우리 학교의 '짱'이었다. 2학년 때 3학년 가운데 소위 논다는 소리를 듣던 길성이와 맞짱을 떠 길성이가 많이 다치는 사고가 있었다. 시골 이웃 마을에서 벌어진 일이라 법정에까지 가지는 않았지만 진호는 그 일로 3학년 아이들에게 집단 구타를 당하기도 했다. 몽둥이로 꽤 많이 맞은 모양인데 끝내 선배들에게 당한 얘기를 하지 않아서 학교에서는 한참 뒤에야 알게 되었다.

학교 옆 숲에서 혼자 담배 피우며 먼 산 바라기하는 진호의 모습을 발견하는 것은 어려운 일이 아니었다. 패거리들과 어울려서 군중심리로 무슨 일을 저지르는 것이 아니라, 2학년 때부터 깊은 고민이 있는 놈처럼 수업 시간에 나가 혼자 소주를 마시다 걸리기도 했다. 왜 그러냐고 물어도 "그냥요." 한마디뿐 대답이나 변명조차 없고, 담임 선생님이 벌을 주면 말없이 벌을 받을 뿐 끝내 잘못했다는 소리를 하는 법이 없어 선생님들 사이에서는 '독한 녀석' 또는 '문제아'로 찍혀 있었다.

게다가 진호 아버지는 알코올중독 증세가 있어 가끔 낮에도 술이 취한 채 학교에 전화를 걸곤 했다. 담임 선생님이나 교감 선생님을 찾아 횡설수설하다가 한없이 길어지는 전화를 끊기라도 하면 대뜸 다시 걸어 마구 욕을 퍼붓곤 해서 진호는 이중으로 교사들에게는 부담스런 아이가 되어 있었다.

3학년이 되어 담임을 맡고, 첫 상담을 했다.

"고등학교는 어디를 가고 싶니? 아무래도 실업계로 가야겠지?"

"고등학교 안 가요."

"장래 희망이 뭐냐? 커서 어떤 일을 하고 싶어?"

"건달요."

이런 식이어서 적잖이 당황했다. 그나마 다행인 것은 진호랑 패를 지어 다니며 '패밀리'라는 이름의 조직을 만들어 자랑하는 다섯 아이 가운데 진호를 포함해서 네 명이 우리 반이라는 것이었다. 학급 일을 나눌 때 '우리 패밀리 네 명은 일 년 동안 화장실 청소를 하겠다.'고 해서 맡겼다. 네 녀석은 청소 시간에 청소하는 시간보다 장난치는 시간이 더 많긴 해도 일 년 내내 화장실을 제법 깨끗하게 잘 관리해 주었다. 지각을 해도 함께하고, 수업 시간에 몰래 도망쳐서 피시방에 가거나 가게에서 군것질을 해도 함께했다.

그런데 가끔 나머지 아이들에게 따라오지 말라고 명령하고 혼자 나가는 일이 더러 있었다. 4월 초, 아무 말 없이 혼자 없어진 날도 그랬다. 읍내를 다 뒤져 봐도 없었고, 나머지 아이들도 정말 모르는 눈치였다. 집에 찾아갔는데 아무도 없었다. 이웃집에 물어봐도, 가까이 살고 계신 진호 할머니를 찾아 물어봐도 진호가 간 곳을 아는 사람은 아무도 없었다.

진호 엄마는 진호가 초등학교 들어가기 전에 집을 나갔다고 한다. 공고 졸업 후 취직도 못한 채 농사일이나 집안일도 제대로 돌보지 않는 데다가 술만 취하면 폭력을 휘두르는 남편을 견디기 힘들었던 모양이다. 어쨌든 할머니 말씀에 의하면 집을 나간 며느리한테서는 단 한 차례도 연락이 없었다고 한다. 그러니 진호를 데리고 술에 찌들어 사는 집안 살림이 엉망인 것은 뻔한 일. 그래서인지 진호네 집은 사람이 살지 않는 폐가처럼 보였다. 부엌에는 설거지 하지 않은 그릇이 널려 있었고, 부엌 바닥에 소주병과 라면 봉지가 널려 있었으며, 불을 땐 지가 언제인가 싶게 온기라고는 없는 방 안에는 소주병과 함께 옷가지와 양말들이 널려 있었다.

다행히도 진호는 다음 날 학교에 나타났다. 친구들에게서 어제 내가 저를 찾아다닌 얘기를 들어서인지 내게 먼저 찾아와 부여 병원에 갔다 왔다고 한다. 묻지도 않았는데 먼저 제 얘기를 한 것은 처음이었다.

진호는 지난밤에 아버지랑 다퉜다고 한다. 그리고 아버지는 집을 나가서 새벽까지 오지 않았다. 자주 있는 일이어서 걱정은 하지 않았지만 갑자기 이상한 느낌이 들어 초등학교 뒷산에 갔다. 아버지가 가끔 찾는 곳, 주무시고 계실 줄 알았던 아버지가 땀을 흘리며 앓고 있었다. 아버지를 업고 부여 병원에 갔는데, 간경화라는 진단이 나왔다. 그 진단은 이미 오래전에 받았다. 진호는 아버지를 입원시키고 병상을 지키다가 짐을 챙기러 온 김에 학교에 들른 것이었다.

그 후 진호는 오전 수업에만 교실에 앉아 잠을 자다가 오후에는 병원으로 갔다. 치료가 된 것은 아니지만 아버지는 열흘 만에 퇴원했다. 2002년 6월 말, 월드컵 열기가 한창일 때는 경기를 보러 아버지랑 제주도에 다녀오기도 했다. 그런 일을 할 수 있는 진호 아버지 얘기가 교무실에서 화제가 되기도 했다.

1년을 함께 지내면서 진호와 나는 많이 가까워졌다. 그러는 사이 진호도 장래 희망을 '건달'에서 '경호원'으로 바꿨다. 고등학교도 가기로 했다. 운동을 열심히 해서 전국체전 금메달을 따기로 목표를 세우기도 했다. 이왕이면 대통령 경호원을 목표로 삼자고 했다. 마침 대통령이 주신 시계가 내게 있어 진호에게 선물로 주면서 그 꿈을 지키자고 약속도 했다.

그런데 12월 초에 그만 아버지가 갑자기 돌아가셨다. 장례가 치러지는 사흘 동안 진호는 물만 먹고 아무 음식도 입에 대지 않았다. 하염없이 눈물만 흘리면서 아버지 곁을 지킨 진호는 장례를 치른 뒤 학교에 나오지 않았다. 경기도에 있는 선배를 찾아가서 막노동을 시작한 것이다. 이제 더이상 학교에 다니지 않겠다고 전화만 했다. 꿈이나 약속은 말짱 끝난 일이고 스스로 일해서 먹고살다가 기회가 생기면 건달이 되겠노라고 얘기하고 전화는 끊어졌다. 그 뒤 소식을 알 수 없어 안타까웠는데, 다행히 졸업식날은 학교에 와서 졸업장과 앨범을 받아 갔다. 그날 점심을 함께 먹으며

많은 얘기를 나눴지만 결국 기차를 타고 다시 경기도로 떠나는 진호를 배
웅해야 했다.

　설날이다. 진호도 아버지 묘소를 찾아올 것이다. 전화라도 해 주면 진호
에게 소주 한잔 사 줘야겠다.

나를 가르친 스승들

그림자만 스쳐도 가슴이 설레던
문익환 목사님

문 목사님을 곁에서 모실 수 있었던 것은 내 일생의 행운이었다. 나는 1993년부터 목사님 돌아가신 날까지 '통일맞이 칠천만 겨레모임 준비 위원회'(이하 통일맞이) 집행위원장으로 목사님을 도울 수 있었다. 1992년 전교조 수석 부위원장 일을 마치고, 그해에는 전교조 교육국장을 맡아 일하고 있었다. 그런데 어느 날 정해숙 위원장님이 나를 불러 문 목사님의 뜻을 전달했다. 이제 통일운동가들의 통일운동이 아닌 칠천만 온 겨레가 삶 속에서 통일을 맞이할 준비를 해야 한다며 통일맞이 운동을 제창하시는데, 그 일을 전교조 사람이 꼭 맡아 달라고 하셨다는 것이다. 문 목사님은 이미 그분의 제자이기도 한 전교조 초대 위원장 윤영규 선생님에게 '(당신이 방북을 해서 4·2 공동 선언을 이끌어 낸) 1989년은 문익환의 해가 아니라 전교조의 해!'라고 말씀하시곤 했다. 전교조 출발이 그만큼 이 땅 역사에서 소중한 일이었다고 격려하는 말씀이었다.

전교조의 조직적 결정에 따라 나는 기쁜 마음으로 교육국장 일과 통일맞이 집행위원장 일을 함께 맡아 일하게 되었다. 감히 한두 마디로 이야기하기에는 너무나 큰 사람이셨던 문 목사님! 이미 김형수 시인이 평전을 통해 자세히 밝히면서도, 그분의 작은 부분밖에 드러내지 못했다고 고백하고 있을 만큼 헤아리기 어렵게 품이 넓고 역사 그 자체였던 목사님!

지난주 토요일 16주기를 맞아 목사님 묘소를 참배했을 때나, 18일 추모행사를 할 때 참으로 다양한 활동을 하시는 분들이 각자의 인연을 소재로 목사님의 여러 가지 면모를 진심으로 추모하는 이야기를 감동하며 들었다. 그래서 내가 따로 목사님에 관한 이야기를 하는 것이 쓸데없는 일처럼 여겨진다. 그래도 내가 겪은 목사님의 인간적인 이야기 몇 가지를 소개하여 그분의 또 다른 면을 벗들과 함께 나누고 싶다.

1989년 3월 26일은 일요일이었다. 그때 전국교사협의회는 전국교직원노동조합을 결성하기로 결정하고, '교원노조 왜 필요한가?'라는 주제로 회원들을 설득하는 일을 벌이고 있었다. 1988년 8월에 복직해서 강경여중에 근무하던 나는 수업이 끝나면 다른 지역을 돌아다니며 강연을 하느라 매우 바쁘게 움직였다. 강연을 들은 선생님들과 뒤풀이를 하면, 궁금증과 설렘 그리고 두려움이 뒤섞인 질문을 받느라 연일 녹초가 되곤 했다. 토요일에는 밤늦게까지 모여 회의를 하고 또 뒤풀이를 하여 일요일에는 일어나기도 힘든 날이 많았다.

그날도 자리에서 일어나지 못하고, 술은 아직 깨지 못한 상태로 아내의 잔소리를 듣고 있는데, 뉴스에서 전날 문 목사님이 평양에 도착했다는 소식을 들려줬다. 충격이었다. 이 상황에서 평양을 방문한다는 것이 얼마나 큰 결단인가? 공안정국을 조성하고 싶어 안달인 노태우 정부와 보수 세력들이 이념 공세를 퍼부을 것이고, 그야말로 가시밭길이 앞에 놓일 것을 뻔히 짐작하면서 결행한 방북이었다. 일흔 넘은 어른은 이 민족을 위해 저렇게 가시밭길을 당당히 걸어가시는데, 나는 술이 안 깬 상태로 식구의 잔소리나 듣고 있는 꼴이 한없이 부끄럽고 자신이 초라해 보였다. 순간 나도 모르게, '조국 통일이 될 때까지 술과 담배를 끊어 버리겠어.' 그렇게 약속을 해 버렸다. 어린 나이에 시작한 술과 담배를 그때 자율적으로는 처음 끊어 봤고, 이듬해 5월 말까지 가장 오랜 기간 끊어 봤다. 물론 조국 통일은 아직도 오지 않았는데, 슬그머니 다시 피운 것은 몹시 부끄럽지만 어쨌든 목사님의 방북은 내게 큰 충격이었다.

방북 사건으로 옥고를 치르고 가석방이 되어 1990년 출옥하신 뒤에 목사님은 전교조 사무실을 가장 먼저 방문해 주셨다. 그리고 분에 넘칠 정도로 전교조 결성과 1500 교사의 해직을 역사적인 사건으로 칭찬해 주셨다. 전교조 결성 과정에서 암에 걸려 부산에서 투병 중이던 신용길 선생의 병실을 두 차례나 방문해서, 기를 불어넣어 주시는 기치료를 하고, 신 선생님의 손을 잡고 기도를 하며 격려해 주셨을 때 이미 몸이 많이 망가진 상태라 고통이 심하던 신 선생님이 감격해하던 모습은 지금도 기억이 생생하다.

1993년 통일맞이 시절 제4차 범민족대회 대한민국 대회장을 당연히 문 목사님이 맡게 되었고, 수운회관에서 열린 범민족대회 출정 기자회견에서 목사님이 수락연설을 하셨다. 실무 준비를 돕다 뒷자리에 앉아 연설을 듣던 나는 "내 마지막 남은 피 한 방울까지 조국 통일에 바치겠다."는 말씀을 들으면서 등골이 서늘함을 느꼈다. 엄청난 결단의 말씀이지만 또 얼마나 무서운 약속인가? 목사님의 진정성이나 결단을 믿지 못하는 것은 아니지만, 사람의 일을 어떻게 예측할 수 있는가? 본인의 의지와 상관없이 그 약속을 지키지 못할 상황이 올 수도 있을 텐데 너무 세게 이야기하신 것은 아닌가 하는 생각이 들어 괜히 초조했다.

그러나 결국 목사님은 그 약속을 지키셨다. 돌아가시던 날도 오전에 사무실에 나와 북과 해외 범민련 공동의장에게 보내는 공문 내용을 검토하고 최종 결재를 하신 뒤 몸이 불편하시다면서 세브란스 병원에 갔다가 집에 가서 돌아가셨으니까. 아, 세브란스 병원에서 줄지어 의사의 손길을 기다리는 응급 환자들을 보시고, 그 사람들이 더 급하다면서 당신은 하루쯤 쉬면 나을 것 같다고 생각하고 제대로 진찰조차 받지 않고 귀가하셨다가 돌아가셨으니 마지막까지 이웃들에 대한 사랑을 온몸으로 실천하다 돌아가신 셈이다.

그해 4차 범민족대회는 연세대에서 진행할 예정이었으나 당국의 원천봉쇄로 한양대로 급하게 장소를 변경해서 치러야 했다. 그날 대회가 한창 무르익어 갈 때에 대회장이신 목사님께서 곁에 있던 고은 선생을 비롯한 어른들의 손을 이끌고 마당으로 뛰어 내려와 함께 참석한 젊은 동지들과 한데 어울려 덩실덩실 춤을 추던 모습은 모든 형식이나 틀을 뛰어넘어 자유로운 인간의 모습으로 지금도 나는 기억하고 있다.

목사님은 성경의 공동번역에 참여해서 구약과 시편을 책임지셨던 성서 연구가요 시인이셨다. 또 성경을 아름다운 우리말로 다시 번역하는 데 골몰했던, 우리말을 지극히 사랑한 분이기도 했다. 목사님은 통일맞이 창립 제안문을 가장 깨끗한 우리말로 쓰기 원했고, 그래서 우리말 바로 쓰기 연구를 하던 이오덕 선생님과 여러 차례 만나 문안을 검토했다. 당시 목사님은 수유리에 살고 이 선생님은 과천에서 사셨는데, 일정이 바쁜 두 분은 새벽에 종로 해장국 집에서 만나 문장 하나하나, 낱말 하나하나를 놓고 열띤 토론을 벌이셨다. 제안문은 A4 용지로 두 쪽에 불과했지만, 우리말을 제대로 써야 한다는 데 뜻이 맞은 고집스러운 두 노인은 다섯 차례나 만나서 문장을 가다듬어 완성하였다. 나는 글쓰기를 통해 만난 내 스승과 지금 모시고 일하는 통일운동의 스승님 두 분이 새벽에 모여 열띤 토론을 하는 모습이 참으로 아름답고 존경스럽고 한편 흐뭇하게 보였다.

1993년 가을이었다. 대덕 연구단지에서 과학 기술 노동조합 활동을 열심히 하던 후배에게 연구단지에서 목사님을 모시고 강연을 하고 싶다는 연락이 왔다. 당시 목사님의 강연을 요청하는 곳이 많고 일정은 빠듯해서 거절하고 싶었으나 목사님께서 흔쾌히 가시겠다고 해서 혼자 다녀오신 일이 있었다. 서울에 일이 많아 아무도 수행하지 못하니 대전에서 잘 모셔 달라고 부탁만 해 놓고도 목사님께 죄송하고 불안했다.

그런데 문 목사님의 강연회라는 것을 안 각 회사에서 방해가 심해서 300명이 모일 강연회를 예상하고 준비했는데, 노동조합 상근자를 다 동원해도 30명 정도밖에 안 되는 사람들이 모여 강연회를 진행했다는 연락이 왔다. 사실 일정을 내기가 쉽지 않은 조건이었지만, 내가 활동하는 동네 후배들 부탁이라 무리해서 가시는 것을 막지 않은 면이 있는데 그렇게 됐다니 목사님 뵐 면목이 없었다. 저녁 아홉 시쯤 목사님께서 강연회를 마치고 서울 사무실에 들르셨다. 나는 죄송해서 제대로 인사도 드리지 못하겠는데 목사님은 얼굴이 환하셨다. 그 시간까지 열심히 일을 하던 실무자들을 데리고 근처 식당으로 데려가서 술과 안주를 사 주시면서 목사님께서는 어린아이같이 환한 얼굴로 이렇게 말씀하셨다.

"최 선생, 오늘은 기념해야 할 만한 날이야. 과학자 한 사람이 통일운동을 하기로 결심하고 약속을 한 날이야."

강연회 끝나고 질의응답을 열심히 하던 한 사람이 그동안 과학자로서 통일운동에 전혀 관심을 갖지 못하고 살았는데, 목사님 말씀을 듣고 과학자도 통일을 위해 살아야 하고, 과학자로서 통일을 위해 일할 것이 있다는 것을 깨달았다고, 앞으로 열심히 통일을 위해 살겠다고 약속을 했다는 것이었다. 300명이 모이거나 30명이 모이거나가 목사님께는 전혀 중요하지 않았던 것이다. 단 한 사람의 과학자가 새롭게 통일을 위해 살기로 결심한 것이 목사님께는 가장 소중했던 것이다.

우리가 늘 구호로 외치던 '한 사람의 열 걸음보다, 열 사람의 한 걸음'을 목사님은 삶으로 살고 계셨던 것이다.

목사님은 사람을 존중하셨다. 류시춘 작가는 목사님이 한자 이름의 뜻을 풀어 '버드나무, 때는 봄님'이라고 불러 주셨다고 늘 자랑한다. 실제 목사님은 통일맞이에서 실무 일을 돕는 나보다도 10년 넘게 젊은 전대협 출신 동지들을 대할 때도 꼭 이름 뒤에 '동지'라는 호칭을 붙여 부르셨다. 젊은이들이 쑥스러워하며 그냥 이름을 불러 주십사 해도, "당신들이 얼마나 소중한 일꾼인데." 하시며 그렇게 부르셨다. 나이에 관계없이 목사님은 후배들을 그렇게 온전한 동지로 대하셨다. 어린아이와도 친구가 될 수 있던 분, 젊은이들보다도 더 젊은 생각을 실천하며 사신 분이었다.

그래서 그러셨을까? 1993년 말에 목사님은 유원호 선생에게 당신이 쓸 컴퓨터를 한 대 사 달라고 하셨다. 당신이 컴퓨터를 하지 못하니까 그동안에는 큰아들 문호근 선생이, 그리고 통일맞이에서는 젊은 일꾼들이 목사님이 써 준 글을 컴퓨터로 옮기는 단순노동에 시간을 빼앗기는 것이 너무 미안하고 시간 낭비이니 직접 배워서 당신 글은 직접 컴퓨터 작업을 하시겠다는 것이었다. 1994년 1월 돌아가시기 1주일 전에 새 컴퓨터는 사무실에 도착했으나 결국 목사님께서는 사용해 보지도 못하고 먼저 가셨다. 장례를 치르고 나서 아직 뜯지 않은 컴퓨터를 보고 후배 동지들과 목사님의 사랑을 생각하며 눈물 훔치던 기억이 있다.

목사님과 함께 밥 먹으러 가면 꼭 목사님께서 먼저 반주를 시켜 한 잔씩 따라 주곤 하셨다. 특별한 경우에 캔맥주 하나 정도를 마시는 것이 당신의 주량이었지만 우리 젊은 일꾼들이 받을 스트레스를 배려해서 그리 하셨을 것으로 생각한다. 목사님께서 따라 주신 술잔을 받으면 저절로 힘이 나고 격려가 되었다. 목사님께 딱 한 번만 더 술잔을 받을 수 있다면 얼마나 좋을까?

어쩌면 그림자처럼 목사님 곁에 함께 다니시던 시인 박용수 선생을 배려한 것인지도 모르겠다. 목사님이 평양 갈 때 가지고 가서 북측에 선물한 ≪우리말 갈래사전≫을 펴낸 박용수 시인은 70~80년대 모든 집회 현장을 쫓아다니면서 사진을 찍어 기록하고, 시집도 낸 시인인데, 어려서 큰 병을 앓았던 탓에 귀가 들리지 않게 되었다. 그래서 당신의 말도 제대로 전달이 안 된다. 그런데도 목사님은 박 선생 이야기를 신기하게도 정확히 알아듣고 불편 없이 대화를 나누셨다. 사랑이 넘치는 분은 소리가 아닌 마음으로 상대방의 부정확한 발음도 알아듣는 것 같았다.

목사님과 자주 어울려 농담도 주고받던 고은 시인도 있었지. 두 분은 함께 어울려 어린아이처럼 노래하고 춤추기를 즐기시곤 했는데, 술이라면 결코 마다하는 법이 없는 고은 선생 같은 분을 배려하는 습관이 당신 몸에 밴 것인지도 모르겠다.

"문익환! 그 자의 순정성은 또 하나의 폭력이야!"

작년 목사님 방북 20주년 행사 때 고은 시인은 이렇게 일갈했다. 목사님의 사랑을 듬뿍 받았다고 지금도 자랑하는 류시춘 누이는 올해 그 말을 인용하면서 "목자이면서 양이었고, 지식인이면서 노동자의 마음을 가졌던 이. '비록 가난해도 뭇사람 가멸게 하고, 비록 빈털터리라도 모든 것을 우리의 것'으로 가졌던 이. 해일처럼 덮쳐들었던 그 폭력적인 우리 사랑 문익환이 이 시린 겨울에 너무 그립다. 보고 싶다."고 추모한다.

80년대 민주화가 먼저냐 통일이 먼저냐를 놓고 한창 논쟁을 벌인 일이 있을 때 목사님은 '통일은 민족의 부활이요, 민주는 민중의 부활이며 민중과 민족의 부활은 자주 없이는 성취될 수 없다." 하면서 "자주, 민주, 통일은 일체"라고 말씀하셨다. 아직도 우리 앞에 과제로 놓여 있는 자주, 민주, 통일의 길목에 서서 목사님 16주기를 보내며 스스로에게 다짐했던 말을 되새겨 본다.

"이제 내가 문익환이 되어 살겠다."
"이제 내가 통일맞이의 주인이 되어 살겠다."

교과서요 빛인 이오덕 선생님

이오덕 선생님께

어제도 저는 촛불집회에 다녀왔습니다. 제가 사는 세종시에서도 수요일마다 촛불을 밝히고 있지만 모이는 사람 수가 워낙 적어 민망할 때가 많습니다. 어제는 평소 빠지지 않고 참여하던 사람들조차 오지 않아 힘들었습니다. 이런저런 핑계로 미루던 국회의 국정조사가 시작되어 어제 법무부의 첫 보고가 있는 날인데 오히려 사람 수는 줄었으니 모인 사람들도 모두 허탈했을 것입니다.

지난 12월에 치른 18대 대통령선거에서 국가정보원이 직원들을 동원해서 조직적으로 여당 후보를 지원하고 야당 후보를 흠집 내는 활동을 벌인 것이 드러나 검찰이 기소까지 하는 사태가 일어났습니다. 정치적 중립을 지켜야 할 국가기관인 국정원이 국민의 세금으로 국민의 뜻을 왜곡시키는 활동을 버젓이 벌였으니 4 · 19 혁명의 원인이 됐던 이승만 정권의 3 · 15

부정선거 못지않은 엄청난 일이 벌어진 것입니다. 국민적 저항으로 부정선거로 당선된 대통령을 탄핵할 수도 있는 일인데 대통령은 한마디 사과도 하지 않고 있습니다. 여당은 사과는커녕 오히려 큰소리치면서 국민을 협박하고 우롱하고 있습니다. 언론은 여당 편에 서서 사실을 왜곡하고 국민들을 속이는 보도로 도배질하고 있습니다. 분노하는 전국의 촛불집회 소식은 국내 어느 언론에서도 찾아보기 어렵습니다. 그래서일까요, 국민들은 분노하지 않습니다. 민주주의가 도둑질 당하는 걸 보면서도 무관심하거나 애써 외면하고 맙니다.

선생님 떠나신 지 10년이 지났습니다. 1979년 봄이 생각납니다. 대구에서 시작한 자격증 없는 가짜 교사 파문이 전국으로 확산되던 때였습니다. 한국전쟁 당시 혼란한 정국에서 학교에 근무하던 이들이 교사 자격증도 없이 교단에 서서 아이들을 가르치게 되었고, 전쟁 후에도 계속 교사 일을 30년 가까이 해 오다가 일제 점검에 걸려 드러난 사건이었습니다. 모든 언론에서는 '어떻게 아이들 앞에 서는 교사가 자격증도 없이 아이들을 속이고 가짜 교사 노릇을 할 수 있느냐'면서 들고 일어났습니다. 사건이 터지자 일제 점검을 전국적으로 확대해서 다른 시·도에서도 적지 않은 자격증 없는 교사들이 적발되었습니다. 당장 적발된 교사들은 교단에서 쫓겨나고 더러는 구속되기도 했습니다. 텔레비전에서는 이 문제를 가지고 교육 현실을 개탄하는 토론회가 열리고 신문은 한목소리로 사설과 해설기사로 이들을 나무랐습니다. 국민들도 모두 이런 언론에 휩싸여 그분들을 욕하고 교육 현실을 개탄했지요. 그때 선생님께서는 한 신문에 독자투고를 하셨습니다. 정탁을 받고 쓴 원고가 아니라 이 사태를 보는 교사로서 심회를 독자로서 국민들에게 알리고 싶으셨던 게지요. 제목이 〈누가 진짜 가짜 선생님인가?〉였습니다.

'교사 자격증은 있지만 수업에 대한 연구나 준비도 게을리하고 진정으로 아이들을 생각하지 않고 교단에 서는 교사들이 얼마든지 있다. 심지어 교과서 없이 분필만 갖고 들어가 몇 년 동안 똑같은 수업을 되풀이하는 교사도 많다. 그러나 이번에 문제가 된 자격증 없는 교사들은 본인이 자격증이 없기 때문에 오히려 더 열심히 수업 준비를 하고 아이들을 위해 정성껏 아이들을 가르쳤을 수도 있다. 이런 경우 누가 진짜 가짜 선생님인가! 드러난 사건을 두고 잠시 흥분해서 몇 사람을 죄인으로 몰아붙이고 우리 모두는 아무 죄도 없는 것처럼 넘어갈 일이 아니라 이 일을 계기로 교육 현실에 대한 진지한 점검과 개선 방향을 찾는 일이 더 중요할 것이다.'

대강 이런 취지의 내용이었습니다.

당시는 박정희 독재정권이 마지막 기승을 부리던 때였으니 언론 환경이 지금과 비슷했던 것으로 기억합니다. 그런 상황에서 나온 선생님의 다른 목소리는 읽는 이들에게 깊은 울림을 주었습니다. 자격증 없이 30년 동안 마음 졸이며 교단에 서야 했던 분들의 처지에 서서 생각을 할 수 있었고, 나는 교사 자격증이 있는 교사라는 사실만으로 당당하고 싶은 많은 이들이 스스로를 돌아볼 수도 있었을 겁니다. 무엇보다 교사가 아닌 일반 국민으로서 언론이 일방적으로 이끄는 대로 자기 의견을 세우고 말하던 많은 이들이 정신 차리고 이 사태를 똑바로 보고 다시 판단할 수 있게 해 주셨습니다.

언제 어디서나 선생님께서는 일의 본질을 꿰뚫어보고 세상사람 모두가 한 방향으로 휩쓸려 갈 때도 홀로 일어나 "아니오!"라고 말씀하셨습니다. 선생님이 남긴 일기를 보면 이런 모습을 자주 찾아볼 수 있습니다. 그런데 선생님의 제자이고 싶은 저는 오늘도 그러지 못하고 있습니다. 혼자 뒤에서 투덜거릴 줄만 알았지 용감하게 나아가 미쳐 돌아가는 세상을 향해 "아니오!"라고 외치지 못하고 있습니다. 겨우 촛불을 들고 '나도 그 대열에 함께 있다'고 변명만 하고 있습니다. 교육감 선거에 나섰던 사람이라 발언을 자제해야 한다는 말에 얼른 따라가는 것은 비겁한 자기변명일 뿐입니다. 적어도 이 땅에서 교사로 살아왔고 스스로 교사라고 생각한다면 말해야 합니다. 더구나 아이들이 살아야 할 내일, 이 땅이 민주주의가 꽃피는 세상이 되어야 한다고 믿는다면 모든 것을 걸고 민주주의를 파괴하는 공작에 맞서 싸워야 합니다. 그래서 오늘 단호하게 싸우지 못하고 비겁하고 게으른 스스로에게 분노하고, 미래를 살아야 하는 우리 아이들과 선생님께 부끄럽기만 합니다.

1972년에 대학 입학해서 75년까지 다니다 일단 그만둔 제 대학 생활은 엉망이었습니다. 그 4년은 박정희 독재의 절정인 유신 시대였습니다. 특별히 행동을 할 만한 용기가 없던 저는 세상을 탓하며 술로 세월을 보냈습니다. 2학년 때 좋은 친구들과 선생님을 만나 연극반을 만들고 연극을 통해서 세상을 알리는 일에 미쳐서 지냈습니다. 4학년 때 교생실습을 나갔지만 이런 세상에서 교사가 된다는 게 무슨 의미가 있는 건지, 도대체 제대로 선생 노릇 한다는 건 어떻게 가능한 것이지 몰랐습니다. 고등학교 때 일반사회 담당이었던 담임 선생님이 '인민민주주의, 신민주주의'처럼 민주주의라는 말 앞에 다른 말이 붙은 것은 모두 엉터리 민주주의, 가짜 민주주의라고 가르치셨는데, '한국적 민주주의'에 대해서는 어떻게 가르치는지 궁금하기만 했습니다.

그런데 다행스럽게 우연히 4학년 때 제적이 되었고, 군대 다녀온 후 복학이 되지 않아 1978년 안면도 누동학원에 갔습니다. 그때 선생님을 ≪이 아이들을 어찌 할 것인가!≫와 ≪삶과 믿음의 교실≫로 만났습니다. 대학시절 교육에 대해 제대로 공부하기는커녕 생각도 하지 못한 저에게 그 책들은 교과서였습니다. 황시백 형과 함께 그 교과서를 공부하며 아이들을 만났습니다. 그리고 아이들 글을 모아 문집을 만들어 선생님께 보내드렸지요. 그런데 선생님께서 그 문집을 읽고 긴 편지를 주셨습니다. 우리들은 꼴찌만 하고 꾸중만 듣던 아이가 난생처음 담임 선생님께 칭찬을 받은 때처럼 기뻐했습니다.

그리고 1981년 어렵게 졸업하고 대천여중 교사로 가게 되어 ≪우리≫라는 학급문집을 만들 수 있었습니다. 선생님께서는 이번에도 아이들에게 긴 답장을 주셨습니다. 1983년에는 임길택과 이상석도 답장을 해 주었지요. 선생님이 하신 칭찬은 제게 얼마나 큰 힘이 되었는지 모릅니다. '아이들을 하늘처럼 섬기는 교실'을 만들어야겠다, 선생 노릇 제대로 한번 해 봐야겠다는 결심을 할 수 있었습니다.

그런데 선생님, 저는 선생님의 칭찬에 우쭐할 줄만 알았지 공부하는 데 게을렀습니다. 되지 않는 변명을 하자면 생각지 못한 사건으로 1984년 해직이 되고 그 이후 주로 학교 밖에서 교육운동이나 사회운동을 해야 해서 아이들을 만날 기회를 잃어버려서 그 후로는 선생님이 펴내는 귀한 책들을 정성껏 읽지 않았습니다. 학교 안에 있거나 밖에 있거나 이 땅의 교육 현실을 붙잡고 싸우는 사람이라면 당연한 일인데도 저는 공부를 게을리했습니다. 해직된 후에 글쓰기회 연수에 가끔 가서도 연수에 집중하지 않고 뒤풀이 술자리에 매달린 것도 사실은 선생님이 가르쳐 주시는 공부를 하지 않았기 때문에 말할 거리가 없어서였습니다. 그런데 저는 현장에 있지 않아서 아이들과 함께할 수 없기 때문이라고 자위하고 동무들에게도 그렇게 변명을 하며 지냈습니다. 저는 이미 나이가 있고 일찍 해직된 경력이 있어 주로 지도부에서 활동하고 있었으니 지금 우리나라 교육운동이 혹시라도 부족하거나 잘못하는 점이 있다면 저 같은 이들의 책임이 결코 작지 않을 거라 생각합니다.

1985년 ≪민중교육≫ 사건으로 해직된 선생들과 함께 민주교육실천협의회를 만들었을 때 선생님께서는 공동대표로 이름을 빌려 주셔서 후배들을 격려하셨습니다. 그런데 그때 선생님 일기를 보면 당시 우리를 이끌던 유상덕 선생과 이야기 나누면서 '생각이 많이 다르구나.' 하고 느끼셨다고 하십니다. 현장에서 하는 작은 실천을 가장 소중히 여기고 그 힘을 모아 나가야 되는데 우선 많은 교사들을 모으고 그 힘으로 무엇인가를 해 보려는 것이 순서가 잘못되었다고 느끼신 것인지도 모릅니다. 그런데 선생님은 그 후 전국교사협의회나 전교조가 창립할 때도 이름을 빌려 주시며 격려하셨습니다. 전교조의 상징인 참교육 활동이 국민들 보기에 부족하거나 사라진 것 같다고 느낀다면 그때 선생님의 뜻을 바르게 받아들이지 못한 우리들의 잘못 때문일 것입니다.

또 있습니다. 선생님께서는 우리말과 우리 글을 제대로 쓰는 일이야말로 우리의 얼을 살리는 일이라고 생각하시고 이를 위해 귀한 책을 냈습니다. 그런데 운동권의 말버릇이 몸에 밴 교육운동가들이 앞장서서 우리말을 잘못 쓰는 일이 많았습니다.

"상반기 사업 방향에 대해 전국적으로 토론을 조직하자." 이 어색한 구호 아래 전교조가 어떻게 일을 해 나가면 좋을지 전국에 있는 학교나 지회에서 토론해서 방향을 잡을 수는 없었습니다. 그러면서도 많은 활동가들은 '운동권 용어를 사용해야 의미 전달이 분명해진다.'면서 잘못을 고치려 들지 않았습니다. 이런 후배들을 보는 선생님의 답답함이나 절망은 얼마나 컸을까요.

선생님은 방향을 알려 주는 교과서요 빛이었는데 못난 후배인 저는 그 빛을 제대로 따르지도 못했으니 이 노릇을 어찌 하나요. 선생님이 계시지 않은 오늘 저는 우리 후배들에게 어떤 모습일까 생각하면 부끄러워 눈물이 납니다.

선생님의 그늘은 컸습니다. 그 그늘 아래 우리는 모여 편안히 고구마도 깎아 먹으면서 부은 발등 식혔습니다. '나는 이오덕 선생님의 제자'라고 감히 말하면서도 아무것도 배우려 하지도 실천하지도 않고 지냈습니다. 그러면서 틈나는 대로 많은 말을 함부로 했습니다. 언젠가 과천 영보수녀원 글쓰기회 연수 때 '이오덕을 밟고 서자.'고 한 말 때문에 선생님이 많이 노여워하신 일이 있습니다. 임길택 선생이 말한 것으로 오해한 이들이 많은데 그 말을 한 것은 저였습니다.

'운동하는 사람은 후배들이 더 열심히 살아 나를 뛰어넘어 오히려 내 앞에서 나를 이끌어 주는 것을 가장 큰 보람으로 여긴다. 우리가 선생님을 존경하는 후배라면 더 열심히 공부하고 활동해서 선생님께 보람을 드려야 한다.'는 취지에서 한 말인데 철없는 소리였습니다. 아직 우리는 선생님 그늘에 쉬고 있는 처지에서 연구나 실천 없이 말만 앞세운 꼴이니 선생님께서 화가 났을 것 같습니다.

또 있습니다. 우리는 자주 '선생님께 혼났다'는 말을 했는데 선생님은 그 말을 아주 싫어하셨습니다. '누구도 다른 사람보다 높은 것이 아니다. 그러니 누가 누구를 꾸짖는 것도 아니어야 한다. 서로 같은 높이에서 자기 생각을 주고받으면서 받아들일 건 받아들이고 아닌 것은 아니라고 이야기하면 된다.'는 생각이셨을 겁니다. 그런데 우리는 자기 말을 하려고 하지 않고 선생님께 꾸중 들었다고만 했으니 그러시는 게 당연했습니다. 교사인 저희를 가장 민주적으로 대하시며 함께 이야기 나누는 걸 좋아하고 그런 과정을 통해 우리가 민주적인 교육 활동을 할 수 있는 준비를 하기 원하셨으니까요.

선생님의 빼어난 제자 탁동철 선생은 ≪이오덕 일기≫는 한 사람의 발바닥이, 눈과 귀 그리고 그의 기록이 사상을 만들어 가는 과정을 보여 주고 있다. 자기 자신이 자기의 스승이라는 사실, 즉 들여다보고 따져 보고 생각하고 실천하고 기록하면서 스스로를 키워가는 힘을 보여 준다.'고 말합니다.

선생님이 안 계신 오늘 이 말은 저에게 큰 용기와 희망을 줍니다. 늦었지만 선생님을 본받아 나와 세상을 자세히 들여다보겠습니다. 따져 보고 실천하고 기록하겠습니다. 무엇보다 부지런히 살겠습니다. 그동안 밀쳐 두었거나 잊어버린 선생님의 글을 다시 읽고 공부하겠습니다. 상대방 뜻과 상관없이 나 혼자 애틋하게 간직하는 짝사랑처럼 선생님은 인정하지 않아도 스스로 제자가 될 수만 있다면 감히 저는 이오덕의 제자가 되겠습니다. 그것이 제게 주어진 남은 시간을 열심히 살아갈 이유가 될 것이고 선생님께 지은 잘못과 부끄러움을 조금이라도 덜 수 있는 유일한 길이기 때문입니다.

강아지 똥 권정생 선생님의 걱정

　지난 4월 26일 안동에 갔다. 전교조 경북지부 통일위원회 일꾼들 모임에서 불러 주었기 때문이다. 두 시간쯤 회의를 하고, 한 시간 동안 내가 이야기했다. 저녁까지 먹고 나니 여덟 시가 넘었다. 조금 늦긴 했지만 여기까지 와서 권정생 선생님께 인사도 않고 그냥 갈 수는 없는 노릇이다. 세 번째 해직되고 꼭 한번 찾아뵙고 싶었다.

　벌써 4년이 지났다. 1999년에 전교조 위원장으로 나섰다가 떨어진 일이 있다. 그때 안동에서 유세하던 날 조영옥 선생이랑 함께 권 선생님을 찾아뵈었다. 모처럼 만난 선생님이 내 얼굴을 만지면서 "아이고, 최교진 선생, 얼굴이 많이 달라졌네요." 하실 때 왜 그리 얼굴이 화끈거리게 부끄럽던지…… 선생님의 손길은 따뜻했고, 1984년 대천여중에서 처음 쫓겨났을 무렵의 내 철없는 모습을 기억해 주시는 것 같아 고마웠다. 그때보다 머리도 많이 희어지고, 몸무게도 많이 늘었으니 그리 말씀하시는 것이 자연스러웠는지도 모른다. 1992년에 찾아뵌 일이 있고, 1993년 정영상 선생이 갑자기 세상 떠났을 때도 잠깐 뵌 적이 있다.

그런데 선생님 말씀을 들으며 갑자기 부끄러웠던 것은 스스로 켕기는 점이 있었기 때문이다. 전교조 전위원장 정해숙 선생님이 "사람 욕심이 처음으로 드러나는 것이 식탐이래. 술이나 음식을 자꾸 많이 먹는 것이 욕심이 생기는 징조야. 필요한 만큼만 먹는 것이 몸과 마음에 두루 좋아." 하고 말씀하시곤 했다. 문득 그 말씀이 떠오르면서 권 선생님께서 내게 '욕심이 얼굴에 나타나기 시작했으니 조심해라.' 하고 걱정하시는 소리로 들렸다. 그래서 위원장에 나선 것이 나 혼자 욕심 때문은 아닌가 되돌아보았고, 떨어지고 나서 곧 당선된 분을 돕기 위해 일을 맡아 하기로 쉽게 마음먹을 수 있었다.

조영옥 선생에게 권 선생님을 찾아뵙고 싶다고 얘기하니 권 선생님께 전화를 했다. 그런데 권 선생님이 오지 말라 하신다. 전화 바꿔 달래서 잠깐 얼굴만 뵙고 가겠다고 매달렸더니 말씀이 단호하다. "전교조 만나기 싫습니다. 서로 싸우는 전교조 지금은 만나고 싶지 않습니다." 그 말씀이 오래도록 아팠다.

네이스 반대 투쟁이 두 달 가까이 계속되던 때였지만 학생들의 정보 인권에 대해 선생님이 저희와 다른 생각을 갖고 계시지도 않을 것 같았다. 그렇다고 전교조 안에 다른 생각이 부딪치는 일도 없었다. 그래서 나는 더 속이 상했다. 딱히 꼬집어 이것 때문인가 짚을 수는 없지만, 최근 전교조가 보여 주는 모든 모습이 안타깝고, 불안하고, 마음 아프셨을지도 모르겠다. 선생님의 말씀을 생각하며 함께 반성하고, 함께 속상해하면서 영주 송 선생 집에서 밤새 얘기했다. 서울에 온 그 다음 날부터 계속해 농성 투쟁을 하면서도 내내 그 생각을 떨칠 수 없었다.

≪녹색평론≫ 최근 호에 권 선생님이 김종철 선생님의 방문을 거절하고 쓰신 편지글이 실렸다. 미리 약속도 없이 불쑥 찾아가는 것이 얼마나 내 생각만 하는 짓인지 반성했다. 당연히 선생님께서는 죄송할 뿐 조금도 서운하지 않았다. 그러나 선생님의 말씀을 아직 받아들이지 못하는 조직이 마음 아프다. 선생님의 뜻을 어렴풋이 알 것 같으면서도 단호하게 얘기하지 못하는 내 처지가 싫다. 스스로에게 차갑게 묻고 싸워 이겨야 이웃에게 함께하자고 할 수 있고, 이웃과 함께할 때 그 일을 이룰 수 있을 텐데, 피할 수 없는 눈앞의 싸움 때문에 더 중요한 것을 잃고 있는 것은 아닐까 자꾸 걱정이 된다.

오늘 교육부총리는 겨우 일주일 전에 어렵게 전교조와 합의한 내용을 뒤집어 버렸다. 전교조는 다시 싸우지 않을 수 없게 되었다. 교육부총리를 '국정 문란죄'로 고발하고 싶다. 이 싸움이 끝나 모두가 상처투성이가 된 뒤에야 우리는 권 선생님이 하신 걱정이 무엇인가를 깨닫게 되지 않을까 두렵다.

그리워요, 자전거 타는 대통령 노무현

어제 대전 유성구청 앞 유림공원에서 대한민국 16대 고 노무현 대통령 4 주기 추모 행사가 열렸다. '노무현 재단 대전·세종·충남 지역위원회'가 주관했다. 올해도 노무현 대통령을 좋아하는 많은 분들이 자원봉사에 나서서 행사를 함께 준비하고 치렀다. 같은 날 대전 시청 광장에서 대전 지역의 대부분 시민단체가 참여하는 행사가 있어 다른 해에 비해 시민단체 활동가들이 자원봉사에 참여하지 못했는데도 훌륭히 치렀다. 작년과 재작년에는 서울에서 기획한 행사를 전국을 순회하며 치렀는데, 이번에는 돌아가신 첫해처럼 지역의 문예 일꾼들이 정성껏 준비해서 무대를 채웠다. 그래서 유명한 가수는 없어도 훨씬 소박하지만 정성이 담긴 듯해서 고마웠다. 봉하에서 달려와 기꺼이 사회를 맡아 준 명계남 님에게도 많이 고마웠다.

1960년대 신동엽 시인의 〈산문시1〉이라는 제목의 글이 있다.

스칸디나비아라든가 뭐라구 하는 고장에서는

아름다운 석양, 대통령이라고 하는 직업을 가진 아저씨가

꽃리본 단 딸아이의 손 이끌고 백화점 거리 칫솔 사러 나오신단다.

탄광 퇴근하는 광부들의 작업복 뒷주머니마다엔

기름 묻은 책 하이데거, 럿셀, 헤밍웨이, 장자(莊子)

휴가여행 떠나는 국무총리, 서울역 삼등대합실 매표구 앞을

뙤약볕 흡쓰며 줄지어 서 있을 때

그걸 본 서울역장 기쁘시겠오라는 인사 한마디 남길 뿐

평화스러이 자기 사무실문 열고 들어가더란다.

이 시는 아래와 같이 끝을 맺습니다.

황토빛 노을 물든 석양

대통령이라고 하는 직함을 가진 신사가

자전거 꽁무니에 막걸리병을 싣고

삼십 리 시골길 시인의 집을 놀러 가더란다.

손녀딸을 자전거 뒤에 태우고, 밀짚모자를 쓴 채 시골 마을길을 달리는 전직 대통령. 가다가 논에서 일하는 마을 사람들과 어울려 막걸리 한잔 나눠 마시며 이야기 나누는 전직 대통령. 고향의 생태 농업에 관심을 가지고 여생을 살고 싶다던 전직 대통령의 꿈조차 수용하지 못하고 온갖 수모를

안기다가 끝내 벼랑에서 떨어져 서거하게 만든 1년 전의 충격적인 일을 우리는 생생히 기억한다.

　너무나 갑작스런 그의 죽음을 애도하며 몰려든 수백만의 추모 행렬을 잊지 않고 있다. '지켜주지 못해 미안하다'는 말은 그만 하자고 다짐하던 일 년 전이 생생하다. 그분이 그립고, 그분이 보고 싶고, 그분과 함께 일하고 싶지만 입술 사려 물고 남아 있는 우리가 해야 할 일을 찾자고 다짐했다. 그분이 지키려 했던 가치, 그분이 이루려 했던 꿈을 향해 한 발짝씩 나아가기로 우리는 일 년 전 함께 다짐했다.

　그래서 우리는 오늘 "깨어 있는 시민의 조직된 힘이 민주주의 최후의 보루"라는 노 대통령의 그 말씀을 굳게 믿으며, 작년의 추모 물결을 만든 깨어 있는 시민들과 함께 '사람 사는 세상'을 향해 나아가기 위해 새로운 출발을 한다. 추모 기간에 모든 행사는 조용하고 엄숙하게 치를 것이다. 그러나 깊은 슬픔에 빠져 있지는 않겠다. 미래의 꿈을 이야기하고 꿈을 이루기 위한 지혜를 모으는 것이 더욱 소중하다고 생각하기 때문이다.

　그러나 행사장 분위기는 확실히 작년과 많이 달랐다. 다섯 시경에 행사장에 일찍 도착했는데 함께 간 아내가, "올해는 왜 이렇게 노란색이 슬프게 보이는 걸까." 했는데 그 혼잣말부터 쓸쓸했다. 그런데 함께 간 후배가 하늘을 보며 "오늘 따라 바람이 심하게 부는 걸 보니 그분이 오셨나 봐요." 그 말에 허허로움과 설렘이 교차했다.

　행사가 막 시작하려는 6시 30분경, 행사장 바로 위 높은 하늘에 매처럼 보이는 새 한 마리가 정지해 떠 있는 걸 보고 "대통령님이 저기 오셔서 우

릴 보고 있는 것 같다."고 말하는 다른 참가자 눈빛도 반가움보다 쓸쓸함
이 더 커 보였다.

"해마다 이팝나무 꽃이 환하게 피는 걸 보면 노무현 대통령님을 생각하
게 된다."

이병완 노무현재단 이사장님의 말씀도 따뜻하기보다 서러움에 가깝게
느껴졌다. 겹겹이 껴입고 나온 티셔츠에 다양하게 '나는 친노'라고 쓴 옷
을 입고 나와 사회를 보는 명짱 님은 선거 때는 너도나도 노무현을 이용
하다가 친노를 무슨 전염병 걸린 사람 취급하는 정치판에게 온몸으로 저
항하며 몸부림으로 외치는 것 같았다. 보는 마음이 편하지 않고 쓸쓸했다.

게다가 작년과 재작년만 해도 유림공원을 가득 채웠던 추모객이 올해
는 훨씬 줄어 더욱 분위기가 을씨년스럽게 느껴졌다. 작년에 3년 탈상을
하면서 약속한 정권교체의 약속을 지키지 못한 채 올해 추모 행사를 치러
야 하는 것이 가장 큰 이유였으리라. 개성공단 폐쇄 조치로 남북관계가 파
탄 난 채 6·15 선언 이전의 냉전 상태로 돌아간 것도 불안감이 되었을 것
이다. 추운 겨울을 수많은 이 나라의 국민들이 땅 위에 있지 못하고 철탑
위나 옥상 위 또는 다리 위에서 추위와 싸우며 사람답게 살고 싶다고 싸워
야 하는 현실도 그렇고.

이런 모든 것들이 어우러져 참여한 사람들 모두 우울하고 속이 상하고
조금은 슬픈 기운으로 행사를 치러야 했는지도 모르겠다. 그래서 또 노무
현 대통령님께 죄송했다. 이번 행사의 구호처럼 "강물은 바다를 포기하지
않습니다. 우리도 강물처럼!"이라고 외치며 어떤 경우에도 희망을 이야기

해야 하는데 그러지 못하는 내가 부끄럽기도 했다. 그래서 행사 끝나고 무거운 마음으로 몇몇 동지들과 힘든 자리를 가졌다. 이 무거움 견뎌 내고 반드시 새로운 희망을 다시 이야기하고 싶었기 때문이다.

나는 지금도 황시백 형이 두렵다

황시백 형은 내게 누구였을까? 동무들은 모두 친하게 지내는데 나는 늘 형이 어려웠다. 아니 왠지 모르게 두려웠다. 형은 늘 나보다 한발 앞서 세상의 아픔을 아파했고, 언제나 나보다 생각이 깊었다. 철없이 겉치장에 몰두해 있던 나로서는 나를 꿰뚫어보는 것 같은 형이 늘 두려울 수밖에 없었다. 살아 있는 동안 늘 그랬고 떠난 지금도 형만 생각하면 나는 마찬가지로 두렵다.

'글과그림'에서 특집호를 낸다고 글을 써 보내라는 연락을 받고 며칠째 원고지 앞에 앉아 있었으나 단 한 줄도 글을 쓸 수가 없다. 극단 '상황' 시절 이야기라면 상균이가 쓰는 것이 가장 좋겠다고 생각했는데, 상균이도 자꾸 눈물이 나서 글을 쓸 수가 없다 한다. 어찌 해야 하나 망설이다 다음에 제대로 된 황 형이 살아온 이야기가 나오게 될 때를 기대하며, '상황' 시절 이야기 몇 가지만 생각나는 대로 적어야겠다.

1973년 대학 2학년 시절, 늦은 가을이었다. 학교 앞 철순 다방이라 이르던 막걸리집에 그날도 몇 동무들이 모였다. 세상을 한탄하며 술을 마시고 고래고래 노래 부르는 일이 일상이던 때였다. 불어과 황시백. 문복주, 교육과 한상균, 지학과 백두현 그리고 나. 다섯 명 모두 한때 '수요문학회'라는 문학 서클에 나갔던 자들이고, 또 밥은 굶어도 막걸리는 굶지 않는 자칭 주당들이었다. 아, 또 하나, 정권이 작년에 선포한 이놈의 유신 체제라는 것이 도무지 견디기 힘든 친구들이었다. 그날 우리는 문학으로는 이 세상에 제대로 이야기할 수 없으니 연극을 한번 해 보자고 결의했다. 아마 황시백과 한상균, 문복주는 오래 그 생각을 나누고 의견을 모은 모양이었다. 그 자리에서 극단 이름을 황 형이 이야기한 '상황'이라고 짓고 그 이름이 매우 좋다고 칭찬하며 술독에 빠졌다. 지도교수는 담배 피우는 모습이 예술인 불어과 전채린 교수님께 부탁하기로 했다.

그해 겨울방학 우리는 연극반 창립을 준비해야 한다는 핑계로 자주 모였다. 가난한 농사꾼의 자식들이라 하숙비 부담 때문에 방학이 되면 고향으로 가서 지내는 처지라 모이기는 쉽지 않았다. 황 형이 우리 집에 오면 한 형을 불러 함께 며칠 지내다 다시 군산 한 형네 집으로 가서 또 며칠 지내는 식이었다. 장항선 열차를 타고 장항에 가서 술 마시고, 배 타고 군산 건너가서 또 마시고, 버스로 모산평 상균이 집에 가서 또 취해서 밤을 새우고. 다음 날은 버스로 군산 나와서 한 잔, 배 타고 장항 가서 두 잔, 장항선 타고 주산역에 내려 또 푸고, 두 시간 걸어 미산 천뱅이 우리 집에 가서 또 밤을 새우고. 그렇게 서로 배웅을 몇 차례 하고 나서야 겨우 헤어질 수 있었다. 만나기도 어렵지만, 헤어지기는 훨씬 길고 어려운 연극반 전통은 그 때부터 생겼나 보다.

1974년 봄 첫 공연을 하기로 했다. 막상 연극을 해 보자고 했으나 우리가 할 수 있는 건 별로 없었다. 하고 싶은 대본도 구하기 어려웠다. 그래서 고른 작품이 전년도 신춘문예 희곡 당선작인 〈부활절〉과 〈타의〉였다. 현실을 직접 이야기하기 힘든 상황이라 그랬을까? 신춘문예 당선작인 이 작품들은 내용이 무엇인지 나로서는 알기 어려웠다. 상징과 난해한 대사! 그래도 공연을 한다는 건 신나는 일이었다. 〈부활절〉은 백두현이 연출하고 나와 복주가 출연하고, 〈타의〉는 상균이가 연출하고 국어과에서 차출한 후배 김문영과 임미숙이 출연했다. 황 형은 스스로 '잡역부'라 칭하며, 무대장치나 조명 같은 궂은일을 도맡기로 했다. 황 형으로서야 내용도 없는 연극을 직접 하고 싶지 않았던 건 아닐까?

그때 저녁 늦게까지 공주 읍내 사대부고 강당에서 연습을 하고 있으면, 지도교수인 전 교수님 오셔서 객석 맨 뒷자리에 앉아 아무 소리 없이 지켜보시다가 "가자." 한마디하시고 앞장서서 순두부집에 끌고 가서 막걸리를 사 주시던 기억이 난다. 아무 말이 없는 것은 연극이 마음에 안 든다는 이야기였는데, 우리는 막걸리 마시느라 그걸 몰랐다. 황 형만 어쩔 줄 몰라 하며 교수님께 죄송해했을 뿐. 철없는 우리는 교수님 앞에서 대사를 큰 소리로 외며 오히려 자랑하려 들었으니, 생각하면 부끄럽기만 하다.

공연이 끝나고 다음 작품을 고를 때, 황석영의 ≪객지≫라는 소설이 나왔고, 그 작품집에 있는 〈돼지꿈〉이 희곡으로 나왔다. 눈이 번쩍 뜨인 우리들은 다음 작품으로 돼지꿈을 골랐고, 이번에는 전 교수님도 좋아하신다. 황석영과 개인적 교류가 있다면서 한번 데리고 오겠다는 말씀까지 하신다. 그런데 이 작품은 출연진이 많다. 긴급하게 배우들을 스카우트하는 일은 내 몫이다. 그때나 지금이나 여러 사람과 어울려 술 먹는 일이 내 전공이고 특기였으니까. 상균이가 같은 과 후배 영래와 종만이를 데려오고, 호열이, 기양이, 대구, 여직공으로 나올 여학생들과 잡역부로 경전이, 명길이, 현욱이가 왔다. 그때도 실제 모든 감독은 황 형이 했지만 군이 잡역부를 자처하여 팸플릿에 연출은 두현이로 나왔다. 〈돼지꿈〉 공연이 끝나고 리어카에 짐과 함께 술 취한 선배들이 타고, 후배들이 끌면서 공주 시내를 가로질러 시목동 '어부집'에 와서 밤을 새우던 뒤풀이는 또 다른 우리의 전통적 풍경이 되었다. 그때 황 형의 행복한 표정이 지금도 생생하다. 형은 취하면 불어 노래를 부르곤 했는데, 영화 대부의 주제곡도 있었던 것 같다.

뒤풀이 하는 날, 연극에서 고향을 잃은 구로동 떠돌이들이 차에 치어 죽은 개를 잡아 잔치를 벌이면서 두고 온 고향을 생각하며 하는 대사, "아, 들밥 한번 먹고 싶다!"를 황 형이 몇 차례나 되풀이했고, 그해 늦가을 그럴 기회가 왔다.

10월에 연극이 끝나고, 조금 한가하고 여유 있게 술독에 빠져 지내던 어느 날, 황 형과 상균이가 공주사대 최초의 점거농성(?)을 제안했다. 11월 22일 미국 대통령이 오는데, 전국의 대학생들이 유신의 폐해를 알리는 데모를 준비하고 있으니 우리도 무언가 해야 한다는 게다. 아직 데모를 해 본 일 없는 우리는 큰 강의실 하나를 점거해서 농성을 하기로 했다. 농성 진행 계획은 두 사람이 맡고, 이번에도 나는 인원 동원을 맡았다. 같은 과 친구들이 회장으로 있는 '뉴맨 가톨릭', '불교사랑회', '수요문학회' 그리고 '상황' 동무들이 모여 201 강의실을 점거하고 안에서 바리케이드를 쌓았다.

들어온 인원은 우연히도 33명.

11월 22일 33명 공주사대 최초의 점거농성! 그럴듯했으나 농성은 사흘 만에 끝났다. 우리의 대비가 너무 허술하여 직원을 동원해서 문을 뜯고 들어오니 저항할 길이 없었다. 그래도 4·19 때도 데모를 하지 않았던 이 학교에서 처음으로 행동을 했다는 자부심은 컸다. 그 일로 나는 무기정학, 황 형과 상균이는 2주 정학을 받았다. 모든 계획을 세우고 지휘한 것은 황 형이었지만, 경찰은 누가 사람을 꾀어 참가하게 했는지가 더 중요한 모양이었다.

어쨌든 정학 덕에 생각지 않은 특별휴가를 맞은 우리 셋은 '들밥 한번 먹어 보자'고 우리 집에 갔다. 천뱅이 우리 집에는 논이라고 하기 어려운 작은 다랭이논이 있었다. 할아버지께서 개울 옆을 개간해서 일군 땅이었다. 서른 평이나 되었을까? 탈곡기가 필요 없고 어머니가 홀태질로 탈곡을 해야 할 정도였으니까. 어쨌든 우리는 그 논 추수를 하고, 어머니가 이고 온 점심을 들에서 먹을 수 있었다. 장정 세 명이 '미친년 엉덩이보다 작은 논' 벼 베기를 한다고, 들밥을 내다 먹는 걸 이웃이 보면 얼마나 흉을 볼까는 관계없었다. 들밥과 막걸리를 배불리 먹고, 짚토매를 엉성하게 지게에 없고, 지게가 서툴러 비틀거리며 집에 돌아오면서도 우리는 내내 흥거웠다.

　그런 일을 겪는 사이에 전 교수님은 고은이나 황석영 같은 유명한 이들을 공주에 데려와서 우리와 함께 술 마실 자리를 만들어 주시곤 했다. 그런데 서울에서 김지하의 〈금관의 예수〉라는 연극을 공연하려고 이화여대와 서울대 연극반에서 준비하다 모두 끌려가는 일이 있었다는 소식도 들었다. 황 형은 망설임 없이 우리가 그 공연을 하자고 했다. 황 형의 그 단호함 앞에 누가 망설일 수 있을까? 대본을 먼저 여러 차례 읽어 본 황 형이 '금관의 예수'라는 제목으로 공연 신청을 할 수 없으니 제목만 '성냥'으로 바꾸자고 제안했고 모두 동의했다.

　성냥! 들불을 일으킬 불씨를 가진 성냥! 자기를 주장하지 말고 온전히 제 몸을 살라야 제 몫을 다할 수 있는 성냥! 황 형의 결단이 담긴 제목이었다. 이번에는 황 형이 직접 연출을 맡겠다고 한다. 모든 책임을 떠맡겠다는 이야기였다.

　서울에서는 대본조차 대부분 압수되어 버리니, 아예 공주에서 대본 500부를 인쇄해서 고은, 황석영 두 분이 운반해서 서울에 필요한 곳에 배부하기로도 했다. 우리는 약간의 긴장 속에, 그러나 신나게 대본을 인쇄하고 연습에 들어갔다. 이번에는 배우 캐스팅도 황 형이 같은 과 여학생들을 데려오는 등 앞장섰다. 연습은 프랑스 출신 가톨릭 신부님으로 불어과에서 강의하시는 퐁세 신부님 댁에서 하기로 했다. 75학번으로 연극반을 찾아온 황 형과 같은 하숙집에 살던 노래 잘하고 탁구도 잘 치는 금성이, 동요를 무척 많이 알고 잘 부르던 수희, 제주도 출신 영숙이, 그림 그리던 현숙이, 경혜 같은 새내기들은 그 긴장된 공연 연습을 보면서 연극반 생활을 시작한 셈이다.

팸플릿에 쓴 황 형의 '연출의 변'이 생각난다.

"한 형, 최 형. 지난겨울, 장항선 열차 안에서 함께 울던 생각이 나오. 같이 아프면 자유롭겠지요."

그랬다. 형은 이 연극 공연을 책임지고 감옥에 갈 각오를 하고 있었다. 나는 점거농성을 하고도 정학밖에 받지 않았던 기억만 가지고, 남들이 하지 못한 공연을 한다는 생각만 하고 있었는데……. 공주 경찰이 시골이라 무얼 몰라서 그랬을까? 아니면 이미 공연이 끝난 뒤라 그랬을까? 공연 후에 한 차례 간단한 조사만 있었고, 싱겁게 끝났다. 그러나 우리가 그 공연을 해냈다는 자부심은 매우 컸다. 〈돼지꿈〉과 〈성냥〉, 두 차례 공연을 하면서 사회 현실을 보는 공부도 많이 했다.

그런데 그 후 5월 말, '수요문학회' 문학의 밤 행사에서 내가 사고를 쳤다. 서울대 김상진 열사 추모 집회였던 대규모 시위 '오둘둘 사건'을 치르고 공주로 피신한 김정환과 김도연이 잡혀가는 것을 본 감정을 추스르지 못하고, 문학의 밤 행사에서 돌출 발언과 거친 시를 낭송한 일로 끌려가서, 학교에서 제적되고, 구류 29일을 산 뒤에 바로 군대로 강제 입영하게 됐다. 그런데 문제는 내가 관계한 연극반 '상황'과 '수요문학회'가 해산되었다. 전 교수님과 국어과 교수님들이 불려가서 곤욕을 치르기도 하셨다. 죄송해서 갇혀 있으면서도 마음이 불편했다. 경찰서 유치장에 있을 때 황 형이 사식 나르는 아주머니를 통해 전해 준 쪽지에는 "최 형, 밖은 걱정 말고, 힘내고 건강 챙겨!"라고 쓰어 있는데, 특히 새로운 공연을 준비해야 하는데 당분간 나 때문에 연극을 할 수 없게 된 동인들에게 큰 죄를 지은 것 같아 내내 불편했다. 다음 해에 고성 오광대 전수를 받고, 극단 '황토'로 다시 연극반을 시작하게 됐다는 금성이 편지가 있을 때까지 나는 황 형과 동인들에게 죄인된 마음으로 보내야 했다.

1978년 2월 제대하고 구로동 공단에 몇 차례 취업해 보려 했으나 실패하고, 안면도 누동학원에 황 형이 있어서 3월 말 함께 살기로 했다. 마침, 있던 선생들이 발령을 받아 떠나서 사람이 필요하던 참이었다. 거기서 아이들과 함께 뒹굴고, 글쓰기를 하고, 문집을 만들고, 연극을 하고 행복했다. 그런데 11월 말에 우리 민이가 태어나고, 아내는 아직 학생인데 네가 아이 우윳 값이라도 벌어야 하지 않느냐는 아버지의 꾸지람에 그해 말에 누동학원을 떠나야 했다. 그때 누동 아이들에게 미안한 것은 물론 황 형에게 죄를 짓는 것 같아 말도 제대로 할 수 없었다. 떠나기 전날, 황 형과 경렬이 형 그리고 아랫집 규태 아버님이랑 별 이야기 없이 술만 떡이 되게 먹은 기억은 생생하다.

몇 년 뒤 복학했다가 겨우 졸업해서 교사가 된 뒤에 글쓰기회를 함께 시작하고 난 뒤로는 지역은 달라도 교사협의회, 전교조 등 같은 길을 걸어왔다. 그런데 나는 어찌 하다 보니 서울의 중앙지도부에 직간접으로 관계를 갖게 되었고, 형은 현장에서 일을 하면서 다시 형에게 미안한 일이 자꾸 생졌다. 아, 교육운동이 이러면 안 되는데 생각을 하면서도, 전교조 가는 길이 이러면 안 되는데 하면서도 나름대로 싸움은 해 본다지만 끌려가는 내 모습을 다른 사람은 몰라도 황 형은 뻔히 알고 꾸짖는 것 같았다.

그리고 지금도 나는 황 형이 두렵다.

형은 지금도 내 마음을 훤히 꿰뚫어보면서 욕심을 정리하지 못하는 나를, 겉치레에 치중하는 나를, 말은 하고 책임지지 않는 내 불성실을, 타락한 세상에서 벗어나지 않고 오히려 어울려 지내는 오늘을 꾸지람할 것이 분명하기 때문이다. 그런데 형이 내게 큰 소리로 꾸지람 한 일이 한 번이라도 있었나? 오히려 형은 다른 동무들이 내가 공기업 임원으로 간 것이 서운하다고 이야기할 때, "최 형 있는 곳이 지옥일 거야. 최 형도 많이 힘들 거야." 하면서 말리지 않았나? 황 형은 늘 큰형처럼 나를 감싸 주고, 격려하면서 사랑하는 눈빛을 보여 줌으로써 나를 더욱 움츠러들게 하곤 했다. 그래서 나는 오늘 황 형이 사무치게 그립고 두렵다.

잔소리쟁이 다락골 누이 전마리아

1978년, 충청남도 태안군 안면읍 누동리 다락골에 있는 언덕 위의 하얀 집, 누동학원. 가난해서 중학교에 진학하지 못하는 아이들을 가르치는 그 학교에서 전마리아 누이를 만났다.

사택에서 교장인 길경렬 형과 황시백 형 그리고 나 셋이 살고 있었고, 집이 먼 3학년 여학생 순미가 함께 지내며 부엌살림을 맡고 있을 때였다. 오는 날로 누이는 살림을 맡아 누동학원의 안주인이 되었다. 그렇게 만나 1년을 함께 지내며 내게는 누이에 대한 인상이 세 가지로 남아 있다. 그 인상은 30년이 훌쩍 지난 지금도 변하지 않는다.

누이를 생각하면 먼저 따뜻한 밥이 떠오른다. 언제나 따뜻한 밥을 지어 밥그릇 가득 퍼 주던 기억. 김이 모락모락 나는 따뜻한 밥상을 받으면 세 사나이는 참으로 감사하며 맛있게 밥을 먹었지. 가끔 마시는 막걸리 말고는 밥밖에 먹을 것이 없었으니까 우리들 맛나게, 게걸스럽게 먹는 모습을 그 밥상머리에 앉아 흐뭇해하며 바라보던 모습은 마치 어머니 같았다. 시집도 안 간 처녀였는데도.

하루는 우리들이 밥을 맛있게 먹는 것을 누이가 좋아하니까 사람 좋은 시백이 형이 밥통 가득한 밥을 비벼서 혼자 다 먹어 버렸다. 그것도 밤참으로. 결국 밥을 다 먹고 숨도 제대로 쉬지 못할 정도가 되어 벽에 기댄 채 씩씩대던 황 형의 모습이 지금도 눈에 선하다. 밥도 한꺼번에 많이 먹으면 취한다는 것을 그때 우리는 처음 알았다.

두 번째 기억은 깨끗한 그릇에 담긴 찌개. 냄비에 찌개를 끓이면 구수한 냄새를 내며 끓어 넘쳐 그것이 불에 타면서 더욱 우리 입맛을 자극하는 냄새가 진동하게 마련이다. 당연히 우리는 그 냄새까지 맛으로 느끼며 냄비째로 상에 올려놓고 같이 퍼먹어야 했다. 그런데 누이는 꼭 그 찌개를 깨끗한 그릇에 담아 상에 올렸다. 그리 하면 맛이 없다고 아무리 얘기해도 말을 듣지 않았다. 심지어 학교신문을 내는 날 밤참으로 라면을 끓여도 우리는 냄비 뚜껑에 먹어야 한다고 주장했지만, 반드시 새 그릇에 나눠 퍼서 라면 맛을 떨어뜨리곤 했다. 음식은 그릇에 담는 것까지 정성이 들어가야 한다고 했던가? 어쨌든 우리는 누이의 그 고집 때문에 조금은 안타까운 식사를 하는 경우가 많이 있었다.

세 번째 기억은 잔소리. 처음 며칠을 지나면서부터 사택 생활에 대해 잔소리가 시작되었다. 지저분하니 청소 자주 해라, 일어나는 시간을 맞춰라 하면서 공동체 생활에 필요한 이야기를 하더니 날이 갈수록 자주 씻어라, 맨발로 교실에 들어가지 마라, 옷을 단정히 입어라, 빨래를 자주 해 입어라

등등 사생활까지 치고 들어왔다. 이건 마치 세 사람의 공동 마누라이거나 어머니처럼 말했다. 몇 달 후 후배 여선생들이 두 명 더 왔는데 그 후배들에게도 마찬가지였다. 잔소리대로 따라 하기는 싫었지만 틀린 소리는 아니어서 어느새 우리는 슬금슬금 누이의 눈치를 살피는 지경에 이르렀다.

잔소리는 아이들에게도 마찬가지였다. 교복이 따로 없으니 복장이 제각각이었는데, 깔끔하지 못한 아이들은 자주 누이의 표적이 되어야 했다. 손톱이 긴 아이들은 누이에게 붙들려 손톱을 깎아야 했고, 장난치다 유리창이라도 깬 아이는 벌로 늦게 남아 교사 주변 청소를 하는 등 봉사활동을 해야 했다. 물론 봉사활동을 마친 아이는 우리와 함께 저녁을 먹거나, 고구마 같은 간식이라도 꼭 얻어먹을 수 있었지만 아이들도 잔소리 많은 누이를 슬슬 피하는 눈치였다.

자유분방하여 질서가 없는 학교에서 누이는 다른 방식으로 아이들에 대한 사랑을 그렇게 표현했지 싶다. 비록 인가 받지 못한 학교라도 선생님은 선생님답게 몸가짐과 마음가짐을 가져야 한다고 우리를 가르치고, 아이들에게도 세상에서 가장 훌륭한 학교에 다닌다는 자부심과 자존심을 갖게 하고 싶어서 그리도 잔소리를 했나 보다. 왜냐하면 30년이 지난 지금 그 아이들을 만나면 하나같이 누이에 대해서 '따뜻한 엄마 같은 선생님'으로 기억하고 있으니 말이다.

누이는 몇 년 지나 누동학원이 문을 닫은 뒤에는 원주에 가서 가정이 없는 아이들을 모아 새 가정을 꾸리고, 아이들의 엄마 노릇을 하면서 지냈다. 결혼을 해 보지 않았으면서, 전혀 다른 환경에서 자라고, 의지할 곳이 없는 여러 아이들을 키우며 돌보려니 어려움은 얼마나 컸고, 걱정인들 오죽 많았으랴. 그런데도 꿋꿋이 아이들을 잘 키워 낸 과정이 장하고 궁금할 뿐이다. 아마도 안면도에서 보여 줬던 대로 따뜻한 밥을 깨끗한 그릇에 정성껏 차려 주던 마음으로 아이들을 돌봤으리라 짐작한다. 그렇게 차린 밥상에서 정성과 사랑을 받아먹으며 아이들은 구김 없이 잘 자랄 수 있었겠지. 아이들을 향한 누이의 걱정은 끊임없는 잔소리로 아이들에게 전해졌을 테고 그 잔소리가 듣기 싫을 때도 많이 있었겠지만, 잔소리에 담긴 사랑을 느끼며 아이들은 감사하며 누이를 어머니로 모실 수 있었을 것이다.

이번에 그런 누이의 살아온 이야기를 《다락골 일기》라는 책으로 엮어낸다. 이 책을 내면 누이는 또 꽤나 진한 잔소리를 할 것이다. 부끄럽다고도 하겠지. 나무 한 그루 제대로 안 심는 사람이 나무 수십 그루에 당하는 종이를 쓰는 책을 내는 것이 가당찮은 일이라고도 하겠지. 자기가 쓴 글이 마음에 안 드는 데가 많다고 투덜댈지도 모른다. 아무 욕심 없이 당연히 할 일을 하고 살았는데, 책을 내고 나면 그 일이 자랑하려고 한 것처럼 되어 오히려 싫다고도 할 것이다.

그러니 이 책을 펴내는 일이 결코 당사자인 누이에게는 축하할 일이 아니다. 그러나 나처럼 누이의 쉽지 않은 삶을 엿보고 싶은 사람들에게는 축하할 일이다. 따뜻한 이야기가 흔치 않은 세상에 누이의 따뜻한 이야기를 통해 우리 삶이 조금은 훈훈해질지도 모르는 일 아닌가? 그리고 틀림없이 누이와 함께 살아온 아이들은 반드시 이 책을 고마워하고 기뻐해 줄 것으로 믿는다.

어쩌면 누이도 막상 책이 나오면 이불 속에서 몰래 혼자 읽으며 행복해할지도 모른다. 아니, 틀림없이 그럴 것이다. 환갑이 넘어서도 천상 소녀인 마리아 누이는 그렇게 수줍어하면서도 자기 이야기를 들어주는 사람들을 사랑할 수밖에 없는 사람이니까.

시련으로 타오르는 불꽃 이순덕 선생님

이야기를 하기 전에, 1987년 10월 초순, 추석 며칠 뒤였다. 청주교육대학 4학년인 박은희라는 여학생이 충청민주교육실천협의회 사무실을 찾아왔다. 그 학생은 서산여중 출신으로 중학교 3학년 때 이순덕 선생님께 무용을 배운 일이 있는데, 최근에 한국 YMCA 중등교육자협의회에서 발간한 ≪민주교육≫ 15호를 보고 이 선생님이 돌아가신 것을 알았다고 했다.

그 학생이 기억하고 있는 이순덕 선생님의 모습은, 그토록 엄청난 시련을 견디면서 싸우다 돌아가신 분이라고는 생각되지 않을 정도로 평범한 여교사의 모습이었다. 나는 그날 그 학생과 이 선생님이 누워 계신 천주교 공원묘지에 헌화하면서 내가 알고 있는 이 선생님의 삶과 의식의 변화, 그리고 얼마나 원칙을 철저히 지키면서 의연히 싸우다 쓰러지셨는지, 또한 마지막 숨을 거두기까지 얼마나 교단과 아이들을 그리워했는지를 얘기해 줬다. 오늘 그 학생에게 했던 얘기를 간단히 옮겨 본다. 부디 이 글이 선생님의 꿋꿋하고 올곧은 삶을 욕되게 하지나 말았으면 하는 것이 작은 바람이다.

1986년 8월 이 선생님이 당국의 악의에 찬 모략과 부당한 절차로 의해 교단을 떠나게 되고 나서, 병석에서도 끝끝내 굽히지 않고 민주 교육을 위해 싸우다가 1987년 1월 3일 한을 품은 채 우리들 곁을 떠나셨다. 그날까지 선생님이 계셨던 예산여고와 대전체육고등학교 재학생들과 졸업생들이 끊임없이 위로의 편지를 쓰기도 하고 찾아와 격려도 했으며, 영결식 날은 그 제자들의 통곡 소리에 참석한 많은 이들이 다시 한 번 눈시울을 적실 수밖에 없었다. 그런데, 왜 서산여중에서 배운 학생들은 선생님에 대한 뚜렷한 기억이 없는 것일까? 이것은 선생님이 살았던 날들을 살펴보면 쉽게 이해할 수도 있겠다.

이순덕 선생님은 1979년 한양대 체육과를 졸업하고 그해 태안여자중학교에 부임해 서산여중을 거쳐 예산여고에 1982년 부임하게 되었다. 1983년까지 5년 동안의 교직 생활에 대해 언젠가 이 선생님은 다음과 같이 얘기한 적이 있다.

"대학 4년 동안 같은 과에 다니는 여자 친구들로부터 꽤나 따돌림을 받았던 것 같아요. 대부분의 같은 과 여학생들은 부잣집 딸들로, 옷차림이나 화장술 또는 드나드는 찻집 등에 이르기까지 같은 대학교에서도 가장 유행의 첨단을 뽐내고 자랑했는데, 가정 형편 때문에 늘 청바지 차림에 운동화를 신고 다니는 나를 친구들이 못마땅해하곤 했지요. 그 뒤 서산에 발령을 받게 되어 서울 친구들하고는 자연히 멀어지고, 아이들과 친하게 되었는데 고향 동생들 대하는 기분이 들었다. 그러나 나는 학생들을 위해 무엇을 어떻게 해야 좋을지를 알지 못했다. 심지어 도시 애들 못지않게 많은 문화 경험을 쌓게 하고자 서울 애기를 자주 해 주거나, 새로운 무용을 열심히 가르치려고 노력했고, 입시철에는 그들의 학력 신장을 위해 무용 시간에는 자율학습을 시켜 영어나 수학 등의 공부를 하게 하는 것이 학생들을 가장 위하는 일인 것처럼 생각하기도 했다. 그러나 늘 '이게 아닌데'하는 생각을 막연히 하면서도 정작 그들을 위해 무엇을 어떻게 해야 하는가 하는 문제에 대해서는 암담하기만 했다."

그러던 선생님이 1984년 국어 교사 박경희를 만나게 되었다. 1981년부터 교직에 들어선 박 선생은 중학교에 있다가 1984년 예산여고로 오게 되었는데, 학생들을 대하는 것이나 학급 경영 등이 지금까지 이 선생님이 알던 다른 선생님들과 달랐다. 박 선생님이 전에 있던 학교에서 학생들과 함께 학급문집을 냈던 것을 본 일이 있는데 이 선생님은 많은 것을 깨달을 수 있었다.

그러나 박 선생님과 친하게 되기까지 이 선생님의 노력이 상당히 필요했다. 박 선생님은 학교에 와서 소설책이나 수상록 등을 옆 선생님들에게 빌려 주곤 했는데 그 책들이 이 선생님은 별로 보지 못했던 것들이었다. 사실 이 선생님은 그때까지 많은 책을 읽지도 않았거니와 읽었어도 세계문학선집이나 한국문학선집 등 고등학교에서 선생님들에게 들은 소위 명작들이었지, 현실을 알게 해 주는 한국 현대 작가들의 작품이나 역사책들은 대할 기회가 거의 없기도 했다. 그런데 박 선생님은 다른 선생님들에게는 얘기도 하고 책을 빌려 주면서도 이 선생님은 체육 교사라고 무시라도 하는 듯한 태도로 책을 권하지 않았다. 그래서 이 선생님이 먼저 박 선생님에게 말을 걸고 부탁해서 책을 빌려 보게 되었다.

처음 빌린 책이 황석영의 ≪객지≫라는 소설책이었는데 체육 교사라고 무시당한 것에 대한 오기로 보기 시작했지만, 지금껏 알지 못하던 많은 현실 이야기들이 너무도 깊이 가슴에 와 닿아 이틀 만에 다 읽고 갖다주었다. 책을 건네주고 독후감을 진지하게 얘기하며 궁금한 것을 물어봤더니 박 선생님은 깜짝 놀라는 기색이었다. 사실 박 선생님으로서는 지금까지 많은 선생님들과 책을 함께 봤지만 이토록 진지하게 책에 관해 토론하려고 하면서 솔직하게 물어 오는 동료를 처음 만나는 까닭이었다. 그 후 둘은 급격히 친해져서 거의 날마다시피 책을 읽고 토론하고 교육에 대해 함께 연구하고, 학생들을 바르게 가르치기 위한 사례들을 배우기도 하면서 가깝게 지냈다. 훗날 이 선생님은 다음과 같이 털어놓았다.

"박 선생님을 만나 책도 빌려 읽고 토론도 하면서 받은 충격이 꽤 컸어요. 후배인 박 선생이 저렇게 공부하고 열심히 사는 동안 난 뭘 했나 생각해 봤어요. 사실 그동안 학생들을 위해 무엇을 어떻게 해야 될지 몰라 잘못 가르친 지난 5년이 큰 죄를 진 것 같았고 한없이 부끄러웠어요. 알아야할 것을 알지 못한다는 것이 특히 선생에게 얼마나 큰 죄인가를 깨달았지요. 그 뒤 YMCA 활동을 통해 더 많은 선생님을 만나 더 많은 것을 배우면서 이런 생각은 점점 깊어졌어요."

그래서 이 선생님은 그 뒤 학교에서 강제로 쫓겨나 병석에 눕기까지, 하루 다섯 시간 이상을 절대로 자지 않고 다른 누구보다 열심히 책을 읽고 공부했으며 이 땅의 교육 현실에 대해 고민하게 된다.

그 무렵 홍성 YMCA를 중심으로 몇몇 선생님이 모여 지방의 교육 문제를 고민하고, 좀 더 나은 교육을 위해 홍성 YMCA 중등교육자협의회를 구성하고자 노력하게 되는데, 자연스럽게 이 선생님과 박 선생님도 그 일원이 된다. 홍성, 예산 등지에서 모인 열 명 정도의 선생님은 일주일에 두 차례씩 모임을 갖고 홍성 Y교사협의회 구성을 준비하는데 이때 이 선생님은 단 한 차례도 모임에 빠지지 않고 열성적으로 참여하면서, 다른 선생님들의 의견을 겸손하고도 진지하게 받아들여 다른 선생님들을 놀라게 한다. 내가 이 선생님을 만난 것도 그 무렵이었다.

나는 1984년 여름방학 때 봉사활동을 했던 것이 학생 의식화 교육이었다고 몰아붙여져서 당당히 싸우지도 못한 채 사표를 제출한 직후였다. 그 후 교사들의 모임이 지역마다 꼭 필요하다고 느끼던 차에 인근인 홍성에서 그런 모임이 있다고 하여 한번 참가한 일이 있었는데, 학생 지도 사례를 발표하고 토론을 함께했다. 그때 얘기 하나하나를 열심히 메모하며 진지하게 묻고, 내가 사직원을 쓴 대목에 대해 몹시 안타까워하던 이 선생님의 모습이 나에겐 퍽이나 인상적이었다. 그때도 이 선생님은 자신의 교직 생활 5년을 숨김없이 드러내 얘기하면서 앞으로 먼저 깨달은 선생님들에게 뒤지지 않기 위해 더욱 열심히 하겠다고 다짐하여 많은 선생님들을 부끄럽게 만들기도 했다.

그 뒤 이 선생님은 홍성 Y교사회 창립 과정과 그 후에 있은 여러 프로그램에 모범적으로 열심히 참가했고, 회보가 문제되어 몇몇 선생님이 어려움을 당할 때는 누구보다 앞장서서 선생님들을 위로하며 의연한 태도를 보여 여러 선생님들을 이끌기도 했다. 그러면서도 이 선생님은 어려운 때일수록 모임이 끝난 뒤 선생님들을 이끌고 다방이나 포장마차에 가서 차나 막걸리를 함께 나누는 자리를 마련하고, 끝까지 참석하고 막차로 예산으로 가곤 하는 따스함과 강인함을 보여 주기도 했다. 이 선생님에게 처음 강한 영향을 끼쳤던 박 선생님이 한때 단체 활동이 오히려 학급에서 작은 일조차 방해받는 원인이 된다고 YMCA활동을 포기하려 한 일이 있었는데, 우리의 정당한 활동이 그런 식으로 약해져서는 끝내 학생들을 지켜 내지 못할 것이라며 간절히 설득한 일도 있었다. 그때부터 이미 이 선생님은 교육운동에 가장 능동적이고 적극적으로 당당하게 참여하는 선생님으로 주위 선생님들에게 인식되었다.

1985년 3월 이 선생님은 대전체육고로 전보 발령을 받게 된다. 이제 뒤늦게 깨달음을 얻고 뜻이 맞는 선생님들과 만나게 되어 활동을 시작하려는 때에 발령이 나게 되어 이 선생님은 예산여고를 떠나고 싶지 않았다. 대부분 선생님들이 대전에 가고 싶어 하고 특히 체육 교사에게 체육고교는 가장 선망의 대상이 되는 학교이지만, 아직 많이 배우고 싶은 이 선생님으로서는 조금도 달갑지가 않았다. 그러나 이 선생님은 대전에 혼자 떨어지게 되었음에도 결코 외로워하거나 좌절하지 않는다. 오히려 더욱 열심을 내어 사람들을 만나고 활동하게 된다.

1985년 2월, 당시 대학 졸업이 예정된 사범대학생들을 중심으로 대전의 몇몇 남자 선생님이 합세하여 대전 YMCA교사회가 발족되는데, 홍성 Y교사회의 일원으로 참가하신 이 선생님은 대전으로 오게 되자 그 선생님들을 찾아 나선다.

사실 대전 Y교사회는 대전 Y회관에서 창립대회를 가졌지만, 당국의 탄압을 견디지 못한 대전 Y이사회에서 인준을 하지 않아 정식 등록이 안 되었다. 게다가 회장을 맡은 사립학교 남선생님이 개인적 압력을 이기지 못해 사퇴해 버렸으며, 회원도 대부분 학생들이어서 창립대회만 했을 뿐 결국 모임 자체가 흐지부지 없어져 지금껏 내려오는 형편이었다.

대전에 온 이 선생님은 열심히 YMCA 총무를 찾아보고, 교육 간사를 만나 설득하면서 동분서주해 정식 YMCA 서클로 등록은 못했으나 그 준비 모임으로 Y회관에서 매주 몇 선생님이 모여서 교육 문제에 관해 토론을 하게 된다. 그 뒤 여러 가지 사건이 연속되고 대전 Y의 미온적인 태도로 끝내 Y교사회는 이루어지지 못했으나, 이때 만난 후배인 김 선생님과 임 선생님은 이 선생님이 어려울 때마다 가장 친한 친구이자 상담역이 된다. 임 선생님은 이 선생님이 병마와 싸울 때 자기 집에 이 선생님을 묵게하며 온갖 정성을 다해 간호하고, 친구로서 또한 후배로서 따뜻이 위로하며 어려움이 닥친 뒤에도 가장 귀한 친구가 되어 준다. 김 선생님 또한 이 선생님이 서천에 가 있을 때 찾아와 늘 자취방에서 함께 살면서 서면중학교에서 당하는 어려운 문제들을 상의하곤 했다.

김 선생님과는 전국 Y교사모임에서 첫인사를 나눈 뒤 이 선생님이 대전을 오게 되자 거의 날마다시피 서로 집을 오가며 정을 나누고 교육 문제를 함께 아파하는 동지애를 키운다. 이 선생님은 김 선생님의 집에 와서도 밥이나 반찬 등을 간섭하며 챙겨 주는 데는 친한 언니요, 학생들의 문제를 얘기할 때는 겸손한 후배의 자세로 김 선생님을 대했다고 한다. 또 임 선생님은 같은 체육고교 동료로서, 학교로 봐서는 5년 이상 후배인데 역사·경제 등에 관해서는 상당한 정도의 실력을 갖추고 있어, 이 선생님이 교육의 문제를 사회과학적 인식에서 바라보고 교육이 한국의 현실 문제와 불가분의 관계에 있으며 교육의 민주화가 정치의 민주화와 무관할 수 없음을 깨닫게 된 것도 임 선생님의 도움이 컸다.

이 두 선생님 외에도 특수학교에서 맹아·농아·지체장애아들을 위해 봉사하고 있는 조 선생님, 남자 같은 성격에 활동적인 성격이었으나 때때로 눈물도 자주 보이던 다른 김 선생님 등도 소중한 만남의 동지들이 된다. 태평동에 있었던 이 선생님의 자취방은 늘 이들에게 개방되어 있었고 다른 선생님들은 개인적인 어려움이나 문제를 함께 나누는 선배로서, 함께 독서도 하며 토론도 하는 동지로서, 가끔은 퍽 겸손하고 순결한 후배 같은 자세로까지 변하는 이 선생님을 하나같이 사랑하고 존경하게 되었다. 이 선생님 방은 늘 깨끗하게 정리되어 있었으며, 좋아하는 가수의 사진을 걸어 두고 그것을 부끄러워하기도 했고, 찾아오는 이들에게는 꼭 밥을 해 먹이고 무엇인가 진지하게 묻고 새로운 것을 배우려는 학구적인 자세는 가히 모두의 존경이 대상이 될 만했다.

무엇보다 사람들을 놀라게 하는 것은 이 선생님의 부지런함이었다. 대전으로 오게 된 것을 활용하여 탈춤과 민요를 배우고 몇 선생님과 모임을 하며 학급 아이들과 틈틈이 상담도 하고, 운동 성적이 부진하여 진로 문제로 고민하는 3학년 남학생들을 밖에서 만나 그들과 고민을 함께 나누는 등 이 선생님의 생활은 잠시도 짬이 없었다. 그런 가운데서도 가끔 찾아오는 홍성 Y의 동료들이나 지방의 제자들에게도 따스함을 잃지 않고 늘 포근히 대해 주어, 나같이 실업자인 사람을 만나면 반드시 차비를 쥐어 주는 일을 잊지 않는 따스한 인정을 보여 주었다.

　1985년 여름방학 때 ≪민중교육≫지 사건이 터져 세상을 놀라게 했다. 교육 현장에 몸담고 있는 교사들이 교육의 문제점을 체계적으로 제기했다는 점보다도, 관련된 교사 전원을 중징계 처리해 20명의 해직 교사를 양산한 것이 더욱 놀라운 일이었다. 충남 지역에서도 이 사건으로 여섯 명의 교사가 강제로 교단을 떠나게 되었는데 이 선생님은 누구보다 앞장서서 이들의 구명 운동을 벌일 것을 주장했다. 당시 당국의 시퍼런 서슬에 눌려 교사들의 활동이 상당히 위축될 수밖에 없었는데, 이 선생님은 이런 때일수록 교사들이 단결하여 결연한 의지를 표명해야 한다면서, ≪민중교육≫지 관련 해직 교사들에게 대한 징계 철회를 요구하는 교사서명운동을 벌여 문교 당국에 제출하자고 주장했다. 당시 먼저 해직되었던 내가 그 일을 맡아 하기로 했는데 나의 게으름과 소심함 때문에 끝내 성명서 한 장 발표하지 못하고, 서명한 것도 제출할 수 없었는데, 이는 두고두고 이 선생님과 ≪민중교육≫지 사건에 관련된 교사 그리고 당시 서명에 응했던 많지 않은 숫자의 선생님들께 죄송한 일이 되고 말았다. 이렇듯 시련이 닥쳐 모든 사람들이 위축될 때 오히려 더 큰 용기를 내어 과감히 행동할 줄 아는 참 용기를 지닌 이 선생님, 그런 용기는 바로 교육에 대한 열정이 그 누구보다 순수했기에 가능했던 것이 아닌가 여겨진다.

1985년 9월에는 학교에서 이 선생님이 구타를 당하는 사태가 발생하는데, 사건의 대강은 이렇다. 이 선생님은 체육고교 1학년 담임을 맡고 있었는데, 당시 유행처럼 번진 보충·자율학습 바람이 대전체고에도 불어 교장은 자율학습을 하루에 한 시간씩 할 것을 강요했다. 실제 정규 수업보다도 체육 특기자별 훈련을 훨씬 중시하는 특수한 학교여서 이 선생님은 무용 외에 세계사, 도덕, 가정, 가사 과목까지 가르치는 형편이었는데, 학생들에게 자율학습을 강요해도 실제 학력 신장에는 별 도움이 되지 않았다. 그래도 주어진 시간을 보람 있게 보내기 위해 이 선생님은 학생들이 장차 신문이라도 제대로 읽을 수 있게 하려면 기초적인 한자 공부라도 하는 것이 필요하다고 생각해, 학급 학생들과 상의하여 날마다 친구 이름 한자로 읽고 쓰기를 통해 한자 공부를 시켰다. 학생들도 열심이고 재미있어 하여 이 한자 학습은 매우 유용한 것이 되었다.

그런데 월말이 되자 학생들은 공부한 결과를 시험을 치러 알아보자고 했고, 점수에 따라 상벌 주기를 원했다. 모든 공부를 점수로 환산하고 성적 여부에 따른 상벌이 체질화된 학생들은 이 선생님이 그럴 필요가 없다고 아무리 설득해도 막무가내서 끝내 그렇게 하기로 하였다. 그래서 많이 틀린 학생은 종아리를 맞게 되었는데, 그중 정희라는 여학생도 몇 대 맞게 되었다. 정희는 1986년 아시안게임에서 은메달을 따낸 소위 88꿈나무였는데, 중학 시절 소년체전에서 800m 기록이 우수하여 체육 지도교사와 함께 특채된 학생이었다. 특히 지도교사인 최 선생은 정희 덕으로 모든 체육 교사들이 그토록 원하는 체육고등학교로 올 수 있게 되었고, 또 정희의 좋은 기록과 입상은 바로 자신의 진급 점수에 영향을 주게 되어 누구보다 정희를 소중히 여겼다. 교육위원회에서도 우수한 학생들의 기록과 컨디션 등을 날마다 점검했는데 정희도 기록과 컨디션을 점검하는 대상 학생 중의 하나였다.

마침 정희가 한자 시험을 치르고 종아리를 맞은 날은 최 선생이 육상경기 심판으로 출장 중이어서 없었는데, 다음날 정희가 맞았다는 사실을 알고는 앞뒤 물을 것도 없이 노발대발 화를 내며 이 선생님을 운동장으로 불러내, "누구 허락받고 정희를 네 멋대로 때렸느냐? 너도 한 번 맞아 봐." 이런 폭언을 하면서 학생들이 보는 앞에서 운동장 가운데서 이 선생님을 구타하는 기가 막힌 사태를 일으켰다.

이 선생님은 즉각 교장·교감 선생님께 사실을 보고하고 최 선생이 직원회의와 전체 학생 앞에서 공식 사과할 것을 요청했으나, 오히려 교장·교감은 최 선생의 편을 들면서 체육고의 특성상 학생 지도는 담임보다 전공 종목 코치가 우선이라는 식으로 얘기하며 조용히 마무리 지을 것을 은근히 종용했다. 이에 이 선생님은 정식으로 고소할 준비를 갖추고, 이번 기회에 체육고에서 벌어지는 비리도 폭로하려고 자료 조사를 하고 나서

자, 뒤늦게 사태가 심각해지는 것을 느낀 최 선생이 찾아와 간절히 사과하여 용서한 일이 있었다. 그때 이 선생님은 최 선생보다 그에 딸린 가족들을 생각하는 아량을 보여 주었다. 거대하게 잘못되어 돌아가는 체제에 따라 최 선생 역시 멋모르고 돌아가는 가엾은 희생자에 불과하다는 사실을 깨닫고, 좀 더 근본적인 것을 개혁하는 데 교사들의 힘을 모아야 한다는 사실을 깨달았다고 털어놓았다.

이때부터 이 선생님은 교사들의 단결된 힘과 자각이 필요하다고 깊이 깨닫고 더욱 열심히 교사들의 모임에 주도적으로 참여했으니 충청글쓰기교육연구회에 참석해 교사들의 의식 개혁과 단결을 강조하게 된 것도 이후부터의 일이다. 1985년은 이 선생님에게 1986년의 엄청난 탄압을 예고하는 시련과 고난의 한 해였고, 아울러 모든 탄압에도 굳건히 싸울 자세를 가다듬을 수 있는 한 해이기도 했다.

1986년 1월 4일부터 의정부 다락원 YMCA 캠프에서 벌어진 전국 Y중등교사협의회 정기총회는 ≪민중교육≫지 사건으로 상당히 침체되고 피해의식에 젖어 있는 교사들에게 결의를 새롭게 하고, 자신감을 불어넣어 주기 위해 잔치 분위기로 진행되었다. 그러나 아직도 ≪민중교육≫지 관련교사 중 세 명은 감옥에 있었고, 한꺼번에 20명의 해직 교사를 낸 ≪민중교육≫ 사건의 여파는 전체 총회 분위기를 축제이게만 할 수는 없었다. 그셋째 날, 이런 침체된 분위기를 바꾸는 활력소로 작용한 것이 이순덕 선생님이었고, 선생님의 그 모습은 지금도 많은 교사들의 기억 속에 생생히 살아 있을 것이다. 그날 낮에 있었던 온갖 행사에서 누구보다 활기차게 움직였고 기마전에서 용맹을 떨쳤으며 밤에 있은 마지막 뒤풀이 순서에서는 그 특유의 맑고 높은 목소리로 노래를 선창하며 무용을 선도하는 등, 모든 선생님들이 땀 흘려 뛰고 놀면서 새로운 싸움 준비를 할 수 있게 해 주었다. 그날 다섯 시간을 계속 큰 소리로 노래하고 춤추며 모임 전체에 활기를 불어넣을 수 있었던 것은 결코 남다른 선생님의 체력만으로 가능한 것은 아니었다. 그것은 민주 교육에 대한 순수한 열정, 동지들과 함께하면서 생긴 신명, 그리고 반드시 교육 민주화를 이룰 수 있다는 확고한 신념 때문에 가능한 일이었다.

선생님의 이런 결연한 의지를 시험이라도 하려는 듯이 방학 중인데도 대전체고로 도장학사 두 명이 찾아와 홍성 Y교사회에서 한 활동에 대한 자술서와 반성하는 내용과 앞으로 활동을 포기할 것을 내용으로 하는 각서를 제출하라고 강요했다. 이에 선생님은 교사로서 당연한 권리에 대한 부당한 요구 자체를 거부하며 일체의 조사조차 거부할 뜻을 명백히 밝혔다. 실제 홍성 Y교사회 관련 교사들이 대부분 형식적으로나마 조사에는 응하고 내용적으로는 활동의 정당성을 주장했는데, 끝까지 원칙을 고수하며 부당한 당국의 행위 자체를 거부한 분은 이 선생님뿐이었다. 뒤에도 이런 이 선생님의 타협을 모르는 굳건한 자세는 한 치의 흔들림도 없이 지속되었으며, 그로 인해 다른 누구보다도 심한 탄압을 받게 되었다. 조사 자체를 거부하자 교육감으로부터 경고 조치를 받고 대전체고 부임 1년 만에 강제 내신되어 서면중학교로 보복 인사 조치되었다.

대전에 온 지 일 년, 온갖 일들을 시작도 해 보기 전에 생활 근거지를 뿌리째 흔들어 놓으려는 악랄한 인사 조치에, 이 선생님은 "그것은 개인적으로는 큰 타격이었고, 옳고 바르게 살고자 결심했던 교육자적 양심에 파문이 일게도 했다."고 훗날 양심선언에서 밝혔다. 이렇게 작은 흔들림이 없지는 않았으나 학생이 있는 곳에 교사가 존재하며, 이 땅의 학생이 있는 곳이라면 바른 교사로서 할 일 또한 있다는 생각으로 서면중학교로 부임했다. 그러나 그곳에는 조직적이고 교활한 탄압이 기다리고 있었고, 그곳의 생활은 외로움과 탄압에 대한 투쟁 그것뿐이었다.

　사실 ≪민중교육≫ 사건 이후 방 두 칸짜리 집을 새로 얻어 동료 교사들이나 ≪민중교육≫ 사건 해직 교사 등을 위해 방 한 칸을 따로 내놓다시피 하면서 열심히 사람들을 만나면서 살다가 갑자기 서천군 외딴 곳에 가게 되었을 때의 충격은 얼마나 컸던 것일까? 한 달 생활비의 반 이상을 다른 동료들을 위해 쓰면서도 내색조차 하지 않을 만큼 일에 대해 철저했던 그가 서천으로 가게 되었을 때, 더구나 그곳이 이미 철저히 색안경을 끼고 이 선생님을 감시하는 눈초리로 가득한 것을 알았을 때 느낀 외로움은 너무도 컸으리라. 그래서 그는 주일마다 대전에 올라와 임 선생님과 김 선생님을 만나 얘기하면서 약해지려는 스스로를 다잡곤 했다.

　그러나 아무리 교활하고 강력한 탄압도 이 선생님을 쓰러뜨릴 수는 없었다. 그는 외로움을 이겨내고 새로운 생활을 시작했다. 비록 보름 만에 빼앗겨 버렸지만 처음 만난 2학년 4반 학생들에게 생일 축하 잔치를 벌여주고, 동화책을 선물로 주며, 노래 함께 부르기, 5분 이야기 시간을 갖는 등

특유의 부지런함과 강인함으로 학생들과 친근한 생활을 꾸려 나갔다. 아울러 결혼을 하지 않은 선생님들을 모아 함께 군에 입대하는 동료 환송식을 해 주기도 하고, 새로 부임하는 동료의 환영식을 하며 객지에서 생활하는 동료들과 함께 식사를 나누면서 교육 문제와 지역 주민의 생활 등에 대해 함께 진지한 토론을 하기도 했는데, 이런 모든 일들은 훗날 선생님을 교단에서 내쫓는 징계 사유가 되기도 한다. 선생님은 이에 그치지 않고, 글쓰기회에서 만났으나 피해 의식에 젖어 활동을 중단하고 있던 서천읍의 두 선생님을 찾아가 격려하며 활동을 계속하도록 하기도 하고, 전에 홍성 Y교사회에서 함께 활동하다가 그만둔 동료를 찾아 멀리 대천까지 가서 그들을 다시 바른 교육의 장으로 끌어내는 등 바쁜 생활을 계속한다.

해방 직후 월남한 교장 선생님은 일본을 공공연히 찬양하고 감정적 반공주의에 사로잡힌 분이다. 그는 학생들의 노트를 검사하고, 선물한 동화책을 빼앗아 주임 교사들을 동원해 불온한 구절을 찾아내도록 강요하며, 동료 교사들과 만남을 사회주의 노선의 좌경 단체 운운으로 몰아붙이고, 수업 시간마다 내용을 감시하고, 복도에서 잠시 이 선생님과 인사만 나눠도 교장실로 불러들여 꼬치꼬치 캐묻는 등 학생과 동료 교사로부터 철저히 분리시켜 극도로 이 선생님을 힘들게 했다.

심지어 이런 일도 있었다. 이 선생님이 주번이 되어 교무실 칠판에 주훈을 적게 되었는데 칠판 글씨에 평소 자신이 없어 옆에 있는 동료에게 대신 써 줄 것을 부탁했는데 거절당했다. 혹시 주훈을 대신 써 줬다가 교장에게 이 선생님과 가깝다는 오해라도 받게 되어 피해라도 입을까 하는 소심함 때문이었다. 그래서 다른 이에게 부탁했으나 모두 슬금슬금 피하며 거절해 보다 못한 학생과장이 (그는 교장의 명으로 이 선생님 감시의 책임을 맡은 이였다.) 대신 써 주었다. 교무실 칠판에 주훈조차 써 줄 수 없는 분위기의 교무실, 그곳에서 어찌 견디어 낼 수 있었는지 생각하면 안타까울 뿐이다.

그러나 이런 모든 어려움에도 꿋꿋이 그의 생활은 투쟁으로 나아간다. 5·10 교육민주화선언이 서울에서 있던 날, 그는 서울까지 가서 서명을 했으며, 충남 천안에서 있은 '충청교육민주화선언'이 있던 6월 14일에도 어김없이 동료들과 자리를 함께했다. 이날 참가 교사들은 어떤 일이 있어도 일체의 조사에 불응할 것, 서명 교사의 명단을 당분간 제출하지 않을 것 등을 결의하고 헤어졌는데, 6월 17일 그에게도 진술서와 1문 1답 조사서에 응할 것을 강요하는 당국의 공문이 온다. 그러나 그는 불필요한 조사를 받을 하등의 이유가 없음을 밝히고 설사 참석했어도 이는 교사의 정당한 권리이라며 조사를 거절했다. 이때 다른 교사들은 약속을 지키지 못하고 행사의 사회자와 주도 교사 등을 밝히고 참석을 인정하는 진술서를 써 주었다. 이에 따라 이 선생님이 이 행사에서 특별히 주도적 역할을 한 바가 없음이 밝혀졌으나, 혼자서만 조사 자체를 거부한 결과가 되어 당국은 더욱 이 선생님을 불온시하여 탄압을 더하게 된다.

또 6월 28일 천안에서 충청교육민주화선언 교사들이 모여 교육민주화 실천결의대회를 열게 되었는데, 이때에도 교육민주화선언 이후와 같이 이 선생님만 끝내 원칙을 고수하며 조사에 응하지 않았다. 이후 학교 당국과 교육위원회의 탄압은 눈에 보이게 심해져서 학생들을 불러 악의에 찬 질문에 답하게 하여 선생님의 교육 활동을 매도하고, 육성회장을 동원하여 사실무근의 조작적 청원서를 도교위에 제출하게 하고, 주민들에게 이 선생님은 좌경 사상에 물든 간첩과 같은 인물이라는 등의 말을 퍼뜨리고, 이 선생님은 좌경 의식화된 대학생과 관계가 있는 인물이라는 등의 말을 직원회의에서 얘기하고, 일체 그와 접촉하는 것을 막고, 무용실을 폐쇄하는 등 상상을 초월한 극악무도한 탄압을 한다. 이런 온갖 탄압 속에서도 7월 15일 교육청 장학사가 "교육민주화선언에 참여하여 교사의 신분으로 사회적으로 물의를 일으켰다"는 내용의 경고장을 제시하며 수령증과 각서를 강요했으나, 마땅히 교사로서 해야 되는 문제 제기가 사회적으로 물의를 일으킨 행위라고 생각되지 않는다면서 거부하였다.

부당한 명령과 지시에 대한 당연한 거부, 교사의 양심에 비추어 떳떳하지 못한 모든 것 - 각서, 진술서 등 - 에 대한 거부가 이 선생님의 기본적인 자세였다. 그들은 어떠한 압력이나, 회유로도 이 선생님의 순결함을 더럽히지 못했다. 그러자 그들은 이 선생님을 제거하기로 모의하게 된다. 8월 중 징계의결 요구서가 올라가고, 징계위원회가 열려 이 징계가 자신의 징계에 그치는 것이 아니라 앞으로 계속될 징계의 출발임을 알고 징계 싸움을 하게 된다.

이때 대전 지역의 민주 단체들이 이 소식을 듣고 공동 대처하기로 하여 교권수호 공동대책위원회가 만들어지고, 많은 목사님·신부님들이 성명을 발표하고 교육위원회로 교육감을 찾아가 항의하자 교육감은 징계위에 출석만 하면 중징계를 하지 않을 수도 있다는 뜻을 밝혔다. 주위에서 파면만은 막는 것이 어떠냐고 권유했으나 이 선생님의 태도는 단호했다. 개인적 희생이 따르더라도 옳지 않은 방법과 타협하지 않고 원칙을 고수하며 당당히 싸우는 일이 중요하다고 강조했다. 본인의 원칙적인 태도에 아무도 더 이상 타협을 권하지 못하고 있던 중에, 그동안 극도의 탄압을 강인한 의지로 버텨 오던 그는 그만 쓰러지고 만다.

충남대 부속병원에 입원해 결핵성 늑막염 수술을 받고 난 직후, 문교 당국의 부당 징계에 의해 파면되었다는 연락을 받고, 그는 씁쓸히 웃으며 "이제부터 시작이야. 빨리 일어나 싸워야지."라고 말해 주위 사람들을 놀라게 하기도 했다. 그러나 수술 후 폐암이라는 새로운 사실이 밝혀져 주위 사람들을 더욱 슬프게 했다. 그래서 서울대학병원, 경희대 한방병원 등으로 옮겨 다녔지만 회생에 대한 희망은 없는 것 같았다. 그래도 "선생님들, 함께 기도해 줘요. 하느님이 일으켜 주실 거야." 하며 끝내 강한 의지로 병마와 싸웠고, "충청민교협에 내 자리 만들어 놔."라고 농담을 하면서 주위 사람들을 울리기도 했다.

투병 중 기도원에 가 있기도 했는데, 주위 친구들이 과학적 방법을 찾아야 된다고 어서 기도원에서 나갈 것을 강요하자, 그는 "하느님이 꼭 일으켜 주신다."고 얘기하면서도 친구들의 간절한 권유를 받아들이도록 완강하신 어머님을 설득하기도 했다. 기도원에서 나온 뒤 친구인 임 선생님 집에서 보름간 묵은 뒤 약혼자와 함께 결혼 후 살기로 하고 얻어 놓은 집으로 옮길 때, "내가 빨리 일어나서 밥을 해야 되는데……." 미안해하기도 하고, 스스로 마음의 준비가 되어 있었던 듯 어머니와 약혼자의 손을 잡고 날마다 기도하는 일을 중요한 일과로 삼았다. 여러 곳에서 오는 편지들을 읽으면서 미소 지으며 답장은 일어나 싸우는 것으로 해야 된다고 웃기도 하고, 크리스마스카드를 받고 즐거워하기도 했으나 끝내 병세는 악화되어 1월 3일 새벽, 서울 다락원에서 작년의 그 교사모임이 한창 진행 중일 때 선생님은 먼저 떠나 버렸다. "먼저 가서 미안하다."는 말을 남긴 채.

부지런하고 늘 건강해 보이고 겸손하면서도 강인하던 이 선생님은 우리 곁을 떠났다. 누가 그를 우리 곁에서 떠나보냈는가?

첫째, 우리 교사 자신이다. 함께 당당하게 원칙을 지키며 우리의 권리를 주장하지 못한 동료 교사들이 그를 더욱 외로운 싸움터로 내몰았으며 끝내 우리 곁에서 그를 떠나보냈다. 아이들을 대상화하고 온갖 불의 앞에 눈치만 보아 온 우리들의 나약하고 나태한 삶이 그를 죽였던 것이다. 말만 앞세우고 실천으로 책임지지 못한 우리 모두의 잘못으로 그는 우리 곁을 떠났다.

둘째, 말할 것도 없이 잘못된 교육정책이, 교육행정이 그를 죽였다. 민주 교육을 압살하고 정권의 시녀 교육만을 강요하는 교육정책이, 교사의 창의성보다 부당한 명령에도 순종하는 비겁함을 요구하는 교육정책이, 아이들의 참삶보다는 잘못된 사회의 도구로 전락시키려는 더러운 어른들의 음모가 이 선생님을 우리 곁에서 빼앗아 갔다.

셋째, 분단된 조국 현실이 그를 죽였다. 어린 학생들에 대한 순수한 열정조차 반국가 사범으로 몰아칠 수 있도록 되어 있는 이 현실이, 끝없는 식민의 현실이 그를 죽였다.

　아니다, 아니다, 그를 죽인 것은 우리 모두의 비겁함 탓이다. 아니다. 그는 살아 있다. "저는 학생들의 순수하고 맑은 눈동자에 등을 돌릴 수 없으며, 교사 스스로 지키지 않으면 안 되는 신성한 교권을 지키고자 하는 과정에서 앞으로 저에게 가해지는 어떠한 시련과 고난에도 굽히지 않고 부단히 싸워 나갈 것을 밝히는 바입니다."라고 얘기했듯이 그는 지금도 우리 앞에 서서 싸우고 있다. 교육 민주화의 찬란한 불꽃으로 우리 앞을 환히 비추고 있다.

사람을 모이게 하던 사람 오원진

벼가 고개를 숙이기 시작하는 초가을이면 우리나라에 어김없이 찾아오는 반갑지 않은 손님이 있다. 며칠 전에도 '나비'라는 이름으로 스쳐간 태풍이다. 농사짓는 분들의 마음을 졸이게 하고, 이 나라 곳곳에 생채기를 내고 가는 얄미운 놈이지만, 태풍이 지나간 다음 날 세상은 티 없이 맑고 하늘은 한층 더 파랗게 깊어진다. 아마 윤동주가 "하늘을 우러러 한 점 부끄럼 없기를" 하고 기도한 그 하늘이 바로 태풍 지나간 다음 날의 가을 하늘이 아니었을까?

그 미치도록 파란 하늘을 보면 저절로 오늘을 살아가는 내 모습을 되돌아보게 되고, 곁에 없는 벗들이 사무치게 그리워진다. 왜 그렇게 먼저 떠난 벗들은 하나같이 우리를 주눅 들게 만들 만큼 치열하고 멋진 삶을 살다가 모두의 아쉬움 속에 가 버린 것인지……

그 벗들 가운데도 가을에 떠난 원진이는 유별나게 아쉽고 그립다. 홀쩍 먼저 가 버린 것이 원망스럽기만 하다. 특히 개혁 세력의 단결이 절실할 때, 지역운동의 확실한 지도자가 필요할 때, 우리가 책임져야 할 몫이 커졌는데도 제대로 감당하지 못해 답답할 때, 사람들의 마음을 모으고 그 마음을 움직여야 하는데 지지부진할 때 가장 그리운 벗이 오원진이고, 그가 없는 빈자리가 13년이 지난 지금까지 크게만 느껴진다. 그리하여 오늘 지역에서 마땅히 감당해야 할 내 몫을 제대로 하지 못하는 나 스스로를 가장 부끄럽게 만드는 이가 또 원진이다.

오늘 태풍이 지나간 뒤의 미치도록 파란 하늘을 보면서 어쩔 수 없이 저 하늘에서 별들과 함께 우리를 내려다보고 있을 원진이를 사무치게 그리워한다.

원진이 곁에는 늘 좋은 사람이 많았다. 그를 따르며 함께 감옥 가는 것을 두려워하지 않던 후배들, 그와 함께 술잔 기울이며 이야기하는 것을 좋아하던 벗들이 늘 그의 주변에 몰려들었다. 키도 작고 차돌멩이같이 단단해 보이는 친구가 그 품은 매우 넓어서 도대체 그를 좋아하지 않는 사람이 없었다. 시장 아주머니들, 고향 어르신들, 운동판에서 뒤를 돌봐 주시던 수많은 선배 어른들은 원진이가 모셔서 그 판에 뛰어든 분이 많았다.

운동과는 아무 상관없이 '바뀌어도 여당만' 한다는 사업하는 친구들, 심지어 만나면 싸우게 되는 경찰서 정보과 형사들이나 중앙정보부 요원들까지 '사람' 오원진을 칭찬할 지경이었다. 하도 많은 여자 후배들이 그를 따라서 그 가운데 한 사람만 선택할 수 없어 장가를 못 간다는 농담이 사실로 들릴 만큼 모든 사람이 그를 좋아했다.

내 친구 가운데 유독 원진이를 좋아하시던 우리 어머님이 원진이보다 여섯 달 먼저 돌아가셨는데 대장암 수술을 받고 회복을 위해 요양 중이던 원진이는 상주인 나보다 더 극진히 장례 절차를 챙겨 마치 형님이 계신 것 같다고 느끼게 해 주었다.

그렇지. 그는 그렇게 다른 사람의 일을 자기 일로 받아들이고 무엇보다 궂은일일수록 먼저 나서서 다른 사람을 감동시키니 어찌 그 주변에 사람이 모이지 않을 수 있었겠나? '사람을 모으는' 사람이 아닌 '사람이 모이는 사람' 오원진. 오늘 우리가 그를 그리워하는 까닭이다.

삼겹살에 소주를 좋아하던 친구, 거나하게 취해서도 술자리를 압도하고 주도하던 입담 좋은 친구, 늘 주머니가 가벼웠던 우리를 안심시키며 외상집도 많이 개발하던 친구, 먼저 취한 후배들 택시 잡아 보내는 일을 도맡아 하던 친구, 논리보다 따뜻한 가슴과 정을 가졌던 친구.

술에 관한한 지기 싫어하던 구철이와 셋이 어울려 밤새워 마신 일도 많았다. 구철이가 끈기 있게 버틴다면 원진이는 내내 술자리를 이끌었다. 늘 내가 먼저 취하고 오기로 토하고 나서 다시 술자리를 버티다가 다음 날 위를 부여잡고 병원 신세를 지곤 했다.

그래서 항상 그가 내게 "건강 생각해서 술 좀 작작 마셔라." 그렇게 충고하고, 심지어 우리 어머니께 "교진이 술 더 마시면 큰일 나요." 일러바쳐 나를 곤란하게 하던 차돌 같은 친구가 원진이였는데, 그가 떠난 지 벌써 13년이고 나는 오늘도 그를 그리워하며 술잔을 들고 있으니…… 그는 술마저도 성질대로 굵고 짧게 마시다 간 것일까?

그를 처음 만난 것은 1980년 초였다. 통치자가 죽으면서 유신 시대 제적되었던 우리가 복학할 수 있게 되어 복학생협의회 구성을 위해 처음 모였다. 후배들도 있었지만 우리 또래 열댓 명이 선배 그룹이라 자주 모였는데 자연스럽게 그가 좌장 노릇을 했고 그게 조금도 어색하지 않았다.

2월에 시국을 진단하고 복학 후 우리가 할 일에 대해 토론한 일이 있었다. 우리는 그 80년 봄을 안개정국이라 이르고, 안개 뒤에 숨어 있는 전두환이란 자와 신군부에 대해 긴장해야 된다고, 그래서 신중하고 치밀하게 행동해야 한다고 의견을 모으고 있었다. 그때 새로 건설해야 할 총학생회 회장에 출마하겠다고 원진이가 선언했을 때 우리는 선뜻 동의하지도 말리지도 못하고 애매한 심정이었는데 그렇게 그는 늘 결단이 빨랐다. 그리고 결단의 근거에는 미래에 대한 낙관이 자리하고 있었다. 충남민청을 건설할 때도 그랬고 그 이후 중요한 고비마다 그는 미래를 낙관적으로 보면서 자신 있게 결단했다. 낙관적으로 보는 미래를 우리가 만들어야 한다는 신념이 있어서 가능한 일이었을 것이다.

오늘 양극화 해소, 지역 갈등 청산, 그리고 자주적 통일 완성이라는 과제를 실현해야 하는 우리에게 필요한 덕목이 바로 낙관에 근거한 결단이 아닐까?

그래서 우리는 오늘 오원진 그를 그리워하고, 그의 빈자리를 남아 있는 우리가 함께 채워야 한다고 결의해야 하는 것이 아닐까?

용서하고 또 용서하는 마음 이규호

1980년 봄은 매우 어수선했지만 역동적이었다. 18년간의 박정희 시대가 막을 내리고 그동안 뒤틀렸던 많은 것이 제자리를 찾기 위한 소용돌이에 휘말렸다. 1975년 긴급조치 위반으로 학교에서 쫓겨났던 나도 5년 만에 복학해서 대학으로 돌아왔다. 어용 교수 퇴진, 학원 민주화 요구 그리고 민주정부 수립 요구 집회가 날마다 전국에서 일어났다. 그야말로 뜨겁고 희망에 부푼 '80년의 봄'이었습니다. 그러나 1979년 12·12 사태로 사실상 권력을 빼앗은 신군부 세력들은 민주화에 대한 요구를 짓밟을 계획을 착착 진행하고 있었다. 새로운 세상을 꿈꾸고 외치면서도 한편으로는 알 수 없는 불안감을 떨쳐버릴 수 없던 그해 봄은 5월 18일 새벽 차가운 겨울로 되돌아가고 말았다.

비상계엄 전국 확대와 함께 모든 대학교 교문은 굳게 닫히고 군인들이 교문을 막아섰다. 그리고 수많은 학생들이 끌려갔다. 불법 시위 주도 및 배후 조종 등 계엄 포고령 위반 혐의로 나도 끌려가 합동수사본부가 있는 대전 보안사 지하실에 갇혔다. 그곳은 지옥이었다. 하루 종일 옆방에서 나는 동지들의 비명 소리를 들어야 했다. 조사나 심문은 별로 없고 무자비한 구타와 고문이 있었다.

보안사에 죄수 수용시설이 없었던지 밤 12시가 되면 근처에 있는 대전 경찰서 유치장으로 퇴근해 잠을 잤다. 그리고 아침 먹고 출근해 다시 조사를 받아야 했다.

유치장은 끌려온 학생들로 만원이었다. 남녀 구분도 없이 한 방에 수십 명을 몰아넣었다. 일찍 잡혀와 조사가 끝난 학생들은 그곳 유치장에서 하루 종일 지내면서 지키고 있는 간수 경찰관들과 농담을 주고받을 정도로 여유를 되찾고 있었다. 밤늦게 만신창이가 되어 들어가면 후배들은 나를 발가벗겨 눕혀 놓고 온몸에 안티프라민을 발라 주며 마사지해 준다. 다음 날 다시 구타와 고문에 시달릴 선배를 위해 그들이 할 수 있는 최대의 애정 표시였을 것이다. 같은 방에 여자 후배들도 있었지만 다음 날을 대비하기 위해 발가벗겨지면서도 부끄러워 할 여유도 없었다.

일찍 조사를 끝내고도 다른 친구들과 달리 오랫동안 후유증에 시달리며 자리에 누워 있던 이규호라는 후배가 있었다. 소아마비를 앓아 몸이 불편했던 친구였는데 자존심이 다른 친구보다 강해서 조사 기간 내내 대들며 싸우다가 훨씬 심한 대접을 받았다고 했다. 신음 소리를 내며 누워 있는 내게 정성껏 약을 발라 주던 규호가 물었다.

"형, 훗날 우리가 원하는 세상을 만들면 저 사람들을 어떻게 할 거야?"

"나는 고문하던 자들의 이름과 얼굴을 똑똑히 기억하고 있어. 오늘 저들이 무슨 죄를 지었는지 반드시 밝히고 처벌을 받게 할 거야. 그래야 이런 잘못된 역사의 악순환을 끝낼 수 있어."

"난 용서하고 싶어. 저 사람들의 자식 입장을 생각해 봤어. 저 사람들도 이 시대가 만든 아픈 희생자라는 생각이 들어. 우리가 먼저 용서해야 우리가 원하는 세상도 올 수 있는 것이 아닐까?"

그 얘기를 하는 규호의 눈은 참으로 순한 어린 짐승의 눈빛이었다. 다음 날 내내 그 말을 생각했다. 다른 날보다 하루가 빨리 지나갔다. 두려움도 훨씬 줄었고 마음도 편안했다.

그 후 헌병대 유치장을 거쳐 군부대로 옮겨 가서 4주 동안 삼청교육을 받았다. 유격훈련보다 훨씬 힘든 훈련을 받고 밤마다 반성문을 써내야 했다. 날마다 똑같은 내용의 반성문을 쓴다는 것이 또한 치욕이었다. 반성해야 될 사람이 누군데 하는 생각에 못쓰겠다고 항의하다가 몰매를 맞는 사람도 나왔다.

그런데 규호는 거침없이 잘도 써 냈다. 물어보니까 내가 원하는 세상에 대해 써서 낸다 한다. 우리가 꿈꾸는 상식이 통하는 세상의 모습을 쓰고 그런 세상으로 가기 위해 폭력이 개입돼서는 안 될 것이라는 사실을 강조해 쓴다 한다.

몇 년 후 규호가 '한울회'라는 조작된 조직 사건의 책임자로 구속되어 1심에서 20년을 구형받고 감옥에 갔을 때 면회를 한 일이 있다. 그때도 그는 예의 그 어린 짐승의 순한 눈빛으로 평안해 보였다.

실천하는 착한 스승 송대헌

송대헌은 농부다. 경북 상주 예의리 골짜기에서 농사를 짓고 산다. 논과 밭 3000평에 농사를 짓는다. 조류독감 이후 천연기념물인 논산 오계를 600수 분양받아 기르고 있기도 하다. 개와 고양이도 10마리가 함께 산다.

송대헌은 전직 교사다. 1985년 ≪민중교육≫지 사건, 1989년 전교조 결성 그리고 2003년 선거법 위반으로 세 차례 해직 되어 아직 복직을 하지 못한 해직 교사다. 그는 ≪민중교육≫지 사건으로 해직되어 변호사 없이 스스로 법률 공부를 하며 해직무효소송을 진행해서 승리한 재야 교육법 전문가이기도 하다. 그래서 교권이나 학생인권 그리고 교육법 관련한 강의를 하러 전국 교육청과 전교조 지회를 찾아다니는 강사이기도 하다. 그는 전교조 최고의 교권 담당자로 지금도 〈전교조 신문〉에 교권 상식을 연재하기도 한다.

농사짓는 틈틈이 전국을 다니며 강의를 하기 때문에 그가 지금 타고 다니는 차는 50만 킬로 이상을 달렸다. 지난 선거 기간에는 상주에서 조치원까지 날마다 출퇴근을 하면서 내가 나선 세종시 교육감 선거를 돕기도 했다.

며칠 전 그의 차를 타고 유상덕 선생 추모제에 다녀왔다. 고속도로 톨게이트를 빠져나갈 때 많은 차들이 하이패스 기계를 이용해 통행료를 계산해서 빠르게 빠져나간다. 표를 뽑아 가서 계산을 하는 것이 불편하고 시간도 더 들기 때문일 게다. 누구보다 고속도로를 많이 이용하는 송 선생이 하이패스 기계를 이용하지 않는 것이 이상해서 물으니, "우리가 편리함을 좇으면 톨게이트에서 일하는 아주머니들의 일자리가 없어지니까." 해맑게 웃으며 대답한다. 그러면서 "자주 이용하는 화서 톨게이트 요금 계산하는 아줌마들과 반갑게 인사 나누는 즐거움도 있다."고 덧붙인다.

또 있다. 고속도로 휴게소에서 시원한 식혜 한 그릇 마시자고 했더니, 집에서 커피를 타 왔다며 안 마신단다. 불량식품일 가능성이 높은 줄 뻔히 알면서 마시면 안 된다는 것이다. 그는 매사에 이렇게 원칙적이다. 알고 있는 것은 불편함이 있어도 당연하게 실천한다.

그와 함께 사는 아내 현 선생은 더 착하고 여린 사람이다. 학교에서 활동하는 모습은 매우 당찬 활동가 선생님이다. 그런데 고양이가 아프면 끌어안고 함께 아파하고, 그중 한 마리가 동네에서 동물을 잡으려고 놓은 덫에 걸려 다쳤을 때 정성껏 치료하고 자식처럼 대화하며 지낸다. 나중에 그 고양이가 쥐약을 잘못 먹고 죽었을 때 며칠 동안 슬픔에 겨워 음식을 먹지 못하고 지내기도 했다. 심지어 고양이가 잡아 온 쥐를 위해 무덤을 만들어 주고 무덤 앞에 꽃을 심어 추도할 줄 아는 사람이다.

　오늘도 송 선생은 함께 사는 닭이나 개, 고양이 같은 동물은 물론 기르는 벼나 채소 그리고 마당에 핀 꽃들과 대화하면서 작은 생명 하나도 소중히 여기며 땀을 흘리고 있겠지. 아내 퇴근 시간에 맞춰 저녁 식사 준비를 해 놓고 기다리며 틈틈이 글을 쓰고 공부하며 이 나라 교육을 걱정할 거다.

　나는 그가 훌륭한 농부임을 알지만, 빨리 학교에 돌아가 아이들과 함께 미래를 가꾸는 선생님으로 살 수 있게 되기를 간절히 바란다. 그렇게 되면 갑상선암 치료를 받고 있는 아내 현 선생이 퇴직하고 집에서 식구인 닭, 개, 고양이를 돌보고 농사일을 거들며 건강을 챙길 수 있게 될 것이기 때문이다.

부치지 못한 편지

언제나 너희들과 함께 있을 거야

너희 곁을 떠난 지도 꼭 석 달이 지났구나.

지난 1981년 처음 너희들과 함께 지낸 이후 학교에 있었던 시간은 8년이고 밖에서 해직 교사로 지낸 시간이 15년인데 아직도 바깥이 더 어색하고 너희들이 그립다. 길을 가다 교복 입은 너희들 또래를 보면 마음이 설레고, 기차로 이동하다 창밖에 학교가 보이면 내려서 들르고 싶어진다. 산에 올라 붉게 핀 진달래를 보면 우리 교실에 너희들과 함께 꺾어 꽂아 두었던 지난날의 진달래가 떠오르고 낮 시간에 무슨 사연인지 혼자 길을 걷는 학생이 보이면 더러 집 나가 애태우던 은경이가, 선라가, 인호가 세월을 건너 뛰어 마구 겹쳐 다가오기도 한다.

너희들을 사랑하기에 잘못된 현실을 말없이 받아들일 수 없고, 그래서 너희들 곁을 떠나야 하는 처지에 놓인 수많은 선생님들이 오랜 세월 똑같이 겪은 그 증상이 나이 50이 넘고 세 차례나 그 일을 당한 내게도 다시 찾아온다. 그러고 보면 너희와 함께 숨 쉬고 살아야 하는 것이 '우리'의 운명인지도 모르겠다는 생각이 든다.

친구들아,

10년 전 오늘, 1993년 4월 15일, 정영상 선생님이란 분이 세상을 떠났단다. 1989년 전교조 활동을 하셨다는 이유로 경상북도 안동에서 해직되셨다가 가족이 있는 충북 단양에서 돌아가셨어, 미술 선생님이면서 아름다운 시를 쓰는 시인이셨고 노래 부르기를 좋아하셨으며 어린 아이같이 맑은 마음과 옳지 않은 것에는 불같은 화를 내는 성품을 함께 가지고 계셨던 정 선생님이 쓴 시에 '환청'이란 제목의 시가 있단다. '해직 한 달'이라는 부제가 붙은 시는 이렇다.

> 체육시간이라 급한 김에 그만 누가 수도꼭지 잠그는 걸
> 잊어버리고 뛰어나갔을까 안동 복주여중에서 수돗물 떨어
> 지는 소리 죽령 너머 단양의 내 방에까지 들려온다
>
> — 〈환청〉 전문

하루 종일 해직 교사로서 학교도 이곳저곳 찾아다니며 선생님들을 만나고 회의도 하고 술도 마시고 피곤에 절어 잠들었다가 문득 무슨 소린가 들려 벌떡 일어나 앉았더니 귀에 수돗물 떨어지는 소리가 들려. 멀리 산 넘고 물 건너 수백 리 밖에 두고 온 내 아이들이 놀다가 급하게 뛰어가느라 덜 잠근 수도꼭지에서 수돗물 떨어지는 소리가.

선생님이 얼마나 사무치게 아이들을 그리워하고 있는지, 얼마나 간절하게 아이들과 함께 살고 싶어 하는지 절절하지 않니? 그런데 결국 아이들 곁으로 돌아가지 못한 채 10년 전 오늘 세상을 떠나신 거야. 그날 전국에 계신 해직 교사들이 모여 무어라 말도 못하고 술만 마시고 눈물만 흘리면서 선생님 묻어드리고 가슴에 시퍼런 멍이 든 채 헤어졌던 일이 지금도 생생하게 떠오른다.

친구들아!

내가 또다시 보고 싶은 너희들 곁을 떠나 밖에서 지내는 까닭은 바로 이런 상식이 받아들여지는 정상적인 세상, 그 무엇보다 사람을 소중히 여기는 세상을 너희들과 함께 만들고 가꾸기 위해서란다. 그래서 비록 몸은 떠나 있어도 언제나 너희들과 함께 있을 것이라는 떠나올 때 너희에게 한 인사말을 다시 다짐하며 그리움이나 외로움을 이겨내려 해. 오늘 하루도 어제보다 나은 하루를 꾸미자꾸나.

2003년 4월 15일

최교진 씀

4 · 19 혁명 43주년을 앞두고

친구들아! 4 · 19는 우리나라 민주주의 역사에서 최초로 민중들의 힘으로 권력자를 몰아낸 의미 있는 사건이었다. 특히 혁명의 과정에서 중 · 고등학생들의 참여가 대단했고, 심지어 초등학교 학생들까지 참여했다는 사실도 내게는 아주 중요한 의미로 다가선단다.

대개 4 · 18 고려대 학생들의 시위와 정치 깡패들의 폭력 대응으로 서울 시내 모든 대학생들이 거리로 뛰쳐나와 3 · 15 부정선거에 대한 항의와 민주주의 요구를 외친 날을 중심으로 이 사건을 바라보고 기념일도 19일로 하고 있지.

그렇지만 이 혁명의 도화선이 되었던 의미 있는 사건들이 각 지역마다 있단다. 그리고 그 일들은 거의 모두 중고생들이 중심이 되어 진행되었어. 야당 후보의 유세장에 가는 것을 막아 보려고 일요일인데도 강제 등교를 시키려하자 이에 저항하는 대구의 고등학교 시위가 그랬고, 마산에서 최

루탄 박힌 시체로 떠오른 김주열 군도 당시 고등학생이었지. 그리고 우리 지역에서도 대전고등학교의 시위가 3월 8일 있었는데 그 규모가 대단했을 뿐만 아니라 요구 사항도 4월 혁명의 중심 요구와 완전히 일치하고 있었어. 공주 영명고등학생들의 시위도 4·19 이전에 이미 거리로 터져 나왔단다.

그러고 보면 4월 혁명은 중고생들한테서 시작되어 대학생과 일반 시민들이 함께 참여해 마무리되는 과정을 겪었다고 볼 수 있지. 즉 혁명의 중심에 중고생들이 있었던 셈이야. 하긴 일제 강점기 항일 운동에 나섰던 수많은 이들이 중고생 또래의 젊은이들이었던 전통이 이어졌다고 볼 수도 있을 것 같구나.

친구들아!

1987년 6월 항쟁 때도 거리에 나와 민주주의를 외친 대열의 중심에 늘 중고생들이 있었단다. 그리고 작년 붉은 악마와 촛불 시위에서 중고생이 많았다는 사실에서 나는 희망을 보았어. 또한 올해 계속되고 있는 반전 평화의 전 인류적 대열에 청소년들의 참여 비율이 40%를 이루고 있다는 사실에서 또 한 번 우리 역사의 미래에 대한 밝은 희망을 찾아본단다.

더구나 한국 사회에서 중고생들이 얼마나 갑갑한 입시지옥에 갇힌 채 억압적 상황을 견디고 있는지 잘 알고 늘 미안하기만 한 나로서는 너희들이 꾸준히 현실을 딛고 거리로 나와 전쟁을 반대하고 평화 실현을 요구하는 대열에 함께하고 있다는 사실이 놀랍고 고마울 뿐이야. 학생들에게 전달한 반전 달개가 30만 개를 훌쩍 넘어섰고 다른 시민 단체를 통해 구입한

양도 그 정도 숫자를 넘어설 것으로 추정되니 적어도 50만 명의 청소년들이 가슴에 전쟁 반대의 달개를 달고, 평화와 화해의 세상을 마음속에 새기고, 너희들이 주인 되는 미래 사회에 실현해야 할 꿈을 함께 꾸었다는 사실은 엄청난 일이었지.

친구들아!

지금 이라크에 야만적인 폭격은 끝났다고 하지만 결코 전쟁은 끝나지 않았어. 설사 총을 쏘는 전쟁이 끝난다고 해도 이 추악한 범죄인 전쟁으로 상처 받은 사람들의 고통은 쉽게 끝날 수 없을 것이야. 그래서 우리는 눈 부릅뜨고 이 전쟁의 진행을 지켜봐야 하고, 전쟁 반대, 평화 실현의 목소리를 더욱 소리 높여 외쳐야 한단다.

다시 4월 혁명을 기념하는 날을 맞으면서 너희들과 희망에 대해서 얘기할 수 있다는 것이 얼마나 기쁜지 모른다.

친구들아!

나는 너희들이 교실에서부터 너희들 모두의 인권이 지켜지고, 민주주의가 내용을 채우면서 진행될 수 있도록 노력하는 일을 실천해 줄 것을 부탁하고 싶다. 학생회에 적극 참여하여 너희들의 의견을 말하고, 선생님들께 건의할 일이 있으면 망설이지 말고(그러나 예의를 갖추는 것이 필요하겠지) 말씀드리면서 학교의 주인으로 나서거라. 그리고 친구들 하나하나의 소중함을 알고 존중해 주는 마음가짐을 갖고 너희들이 서로서로 세상에서 가장 소중한 존재로 존중해 주며 학교의 많은 일들이 너희들의 뜻에 따라 진행될 수 있을 때 4월 혁명은 사실상 완성되어 갈 것이다.

내일 아침에는 43년 전 용감히 나섰다 돌아가신 선배들을 위해 기도하고 오늘을 어떻게 살까 다짐하는 묵념을 올리면서 하루를 시작할 수 있겠지?

  오늘도 어제보다 나은 하루를 꾸리자꾸나.

2003년 4월 18일

최교진 씀

누가 진짜 장애인인가

작년에 나는 운동장에서 너희들과 축구를 하다 공은 차 보지도 못하고 다리를 다친 일이 있었지. 결국 깁스를 해야 했고 목발을 짚은 채 한 달 이상 지내야 했어.

우리 학교야 시골의 작은 2층짜리 건물이라 크게 불편할 것도 없지만 수업 시간마다 책을 끼고 목발을 짚으며 계단을 오르내리는 일이 여간 힘들지 않았어. '만약 우리 학교에 휠체어를 타는 학생이 입학하게 된다면' 하는 생각을 그때서야 했지. 결국 그런 학생은 우리 학교를 다닐 수 없겠다는 생각이야. 그래서 둘러보니 우리 이웃의 어느 학교도 휠체어 타는 학생을 위한 시설이 되어 있지 않다는 것을 알게 되었어.

그래, 해마다 4월 20일을 장애인의 날로 정하고 장애인과 더불어 살아야 된다고 얘기하면서도 학교조차 그들과 함께 생활할 준비는 전혀 하지 않은 채 말로만 떠들고 있었던 셈이지. 태어날 때부터 장애인인 사람도 있지만 교통사고나 질병 등으로 살다가 장애인이 되는 사람의 숫자가 전체 장애인의 절반은 된다는데 말이다. 우리 모두가 예비 장애인일 수 있는데 막상 닥치기 전에는 까마득히 잊고 지내는 셈이야. 그들을 위해 사회 전체가 진심으로 애정과 관심을 가지고 할 수 있는 일을 해 가는 것이 필요할 것 같구나.

그런데 친구들아!

세상을 살아가는 데 조금 부족하거나 잘못된 곳이 있는 사람을 장애인이라고 한다면 누가 진짜 장애인일까 생각해 본다. 우리는 흔히 장애인 하면 잘 듣지 못하는 청각 장애인, 보지 못하는 시각 장애인, 걷거나 뛰는 데 불편한 지체 장애인들을 떠올리지. 그런 분들도 나름대로 자기 몫을 하면서 함께 살아가는 세상을 만들어야 한다고 생각도 하고.

그러나 이런 사람들은 뭐라고 해야 할까? 이웃을 돌보거나 그들과 함께 살아야 한다는 생각은 전혀 하지 못하고 자기 욕심만 차리고 사는 사람, 잘못된 생각과 기준을 가지고 세상을 제멋대로 판단하고 떠드는 사람, 예를 들면 우리나라가 부자가 되기 위해서는 전쟁이라도 해야 된다고 우기는 사람, 자기 나름대로 생각하고 올바른 일을 하려고 하기보다는 주위의 온갖 유혹에 쉽게 무너져 생각이나 행동이 왔다 갔다 하는 사람, 이런 사람들은 혹 마음 장애인이 아닐까? 다리가 조금 불편한 사람보다 제 생각 없이 휩쓸려 다니거나 저만 아는 이기적 인간이거나 사람보다 물질을 더 섬기는 이런 사람들이야말로 더 심각하고 가엾은 장애인이 아닐까?

장애인의 날을 보내면서 우리 모두 몸이 불편한 이웃들을 배려하고 함께 살 수 있는 세상을 만들려는 다짐을 하자. 그리고 우리가 마음이 병든 장애인이 되지 않기 위해 오늘 어떤 마음으로 살아야 할지도 한번 생각해 보자.

건강한 몸과 마음으로 더불어 사는 삶을 꿈꾸고 실천하는 우리가 되기를 희망하며…….

2003년 4월 21일

최교진 씀

거리에서 쓰는 반성문

　4월 28일부터 5월 1일까지 청와대 앞 길거리에서 전교조 중앙집행위원들이 학생들의 정보인권을 지키기 위한 농성을 하고 있어서 함께했다. 학생, 학부모, 선생님들의 여러 가지 신상 정보를 교육부에서 아무 동의도 없이 인터넷에 올려 관리하겠다는 생각이 얼마나 심각하게 정보인권을 침해할 수 있는지 생각할수록 끔찍한 일이다. 그래서 전교조에서는 작년부터 꾸준히 반대 이유를 설명하고 이를 막아내기 위해 할 수 있는 모든 방법을 동원해서 싸우고 있는 중이다.

　학생들의 정보인권을 어떤 일이 있어도 막아 내겠다는 결의를 하면서 문득 나부터 반성문을 써야겠다는 생각이 들었다. 우리 교사들이 학생들의 인권을 지키기 위해 그동안 무슨 노력을 하고 있었을까? 학생들에게도 그들의 소중한 인권이 있고 존중되어야 한다는 것을 제대로 가르쳐 왔을까? 아니, 그 사실을 알고 있기나 한 것일까?

아이들이 마음에 들지 않는 행동을 했다고 엉겁결에 욕설을 뱉으면서 그들이 받을 상처에 대해 얼마나 생각하고 있었나? 비록 일을 저지른 후에 사과를 한다고 한들 상처가 쉽게 치유될 수 있는가? 그 상처가 아물 때까지 정성껏 배려하고 진심으로 사과하는 태도를 보이는 노력을 해 왔을까? 심지어 매를 대면서도 '이게 다 너희들을 위하는 마음에서 나온 것'이라고 강변하지는 않았나? 내가 어떤 이유로든 아무에게도 맞고 싶지 않다면 학생들도 똑같다는 것을 왜 그리 자주 잊고 살았던 것일까? 머리카락의 길이, 양말 색깔, 치마 길이, 운동화 색깔까지 획일화하지 않으면 안 된다고 강요하는 일이 과연 학생의 인권을 존중하거나 알고 있는 행동일 수 있을까?

성적만으로 줄 세우기 하고, 경쟁을 강요하면서 뒷줄에 서 있는 학생들이 받을 상처를 제대로 배려하지 않았다. 그들도 무언가에서는 모두 당당히 잘하는 것이 있을 텐데 그것을 찾아 칭찬하는 일을 게을리했다. 무엇보다 세상을 보는 바른 눈을 키워 주고, 바르게 생활하는 태도를 갖도록 인도하는 일이 우리가 너희와 함께해야 할 사명인데, 교육과정을 핑계 대고 현실적인 입시를 내세우며 그 일을 게을리했다면 세상을 사람답게 살아갈 권리를 스스로 체득해야 할 때를 놓치게 한 결과를 낳을 수밖에 없는 일이다. 그것이 가장 크게 너희들의 인권을 지키지 못한 잘못이라는 생각도 드는구나.

스스로를 소중히 여기는 사람만이 다른 사람의 소중함을 알고 존중해 줄 수 있는 법이지. 그런 사람들이 모여서만 더불어 사는 사회를 꾸릴 수 있을 것이다. 그리고 그런 사회에서는 모든 사람의 인권이 제대로 보장될 수 있겠지. 그런데 학교에서부터 몇몇 점수 높은 아이들만 대접 받고 나머지는 무시당하면서도 참고 사는 법을 몸에 익히게 했다면 이는 도저히 너희들의 인권을 지키는 선생의 태도여서는 안 되는 일이겠구나.

아, 생각해 보면 별 생각 없이 몸에 밴 내 생활 습관 하나하나가 부끄럽고 반성할 일투성이구나. 아침마다 너희들이 내가 마실 차를 타 오는 모습을 오히려 흐뭇해하던 일, 교무실의 책상 정리를 너희들에게 시키고, 교무실 청소를 너희들이 하는 것을 당연하다고만 생각하고, 내가 할 수 있는 일도 툭하면 심부름을 시키고 (내 개인적인 일까지도), 특히 컴퓨터와 친하지 못한 나는 툭하면 너희를 불러 내가 쓴 글을 타자를 쳐 달라 했지. 생각할수록 미안하고 부끄럽다. 왜 작은 일에도 너희들이 어떻게 받아들일지 찬찬히 배려하지 못했는지 후회하면서 반성한다.

친구들아,

그동안의 잘못을 반성하고 앞으로는 너희들의 인권을 함께 지키는 교사가 되겠다는 다짐을 하면서, 그 첫 번째 일로 너희들의 정보인권을 지키는 이 싸움을 꼭 이겨내겠다는 각오를 다시 한 번 다져 본다. '교육행정 정보시스템' 도입 저지! 이 싸움의 승리는 이 땅 모든 교사들이 너희들의 폭넓은 인권을 존중하고 지키면서 키워 나가는 새로운 출발이 될 것이다.

벌써 오월이다. 늘 스스로 소중히 여기고, 친구들을 소중히 여기는 너희들이 되기를 기도하면서.

2003년 5월 2일
최교진 씀

방학을 맞은 너희들에게

요즘 체력과 시간이 허락하는 범위에서 자주 새벽 기도회에 참석한다. 그때마다 지금까지 살아 보지 못한 새로운 오늘을 허락해 주신 데 대해 감사하고, 어제보다 나은 하루를 살아야겠다고 다짐하며 기도하곤 한다.

여름방학을 맞아 온갖 계획을 세우고 조금은 설레는 마음으로 첫날인 오늘을 맞았을 너희들 모두에게 우선 축하한다. 아직은 학교가 너희들에게 즐거운 곳이기보다는 지겹고 간섭이나 구속이 많은 곳으로 받아들여지는 것이 현실이니, 자유롭게 너희들 뜻대로 계획을 세워 보낼 수 있는 기회를 맞이했다는 것은 축하할 일이다.

실업계 고등학교에서 실습교육을 하는 프로그램인 테크노캠프에 참여하는 친구들이 많이 있지? 부모님과 피서 휴가 다녀올 계획을 세운 친구들도 있겠지? 교회나 성당 같은 종교단체에서 주최하는 수련회에 참석하는 친구도 많이 있고, 통일 캠프나 지역의 문화 교실에 참여하는 친구들도 있을 것이다. 금강 탐사, 갯벌 체험 같은 프로그램에 참가 신청한 사람도 있겠고 독서 계획을 세우고 읍내 도서관에 날마다 다니는 친구도 있겠지? 뒤떨어진 과목의 보충수업을 하려고 학원 수강을 신청한 친구도 있고, 부모님 하시는 일을 도와 드릴 다짐을 하고 있는 친구도 있을 것이다.

그런데 오늘 하루가 지났을 뿐인데 (어제는 일요일이니까 실제 방학은 오늘부터라고 할 수 있겠지) 벌써 방학을 어떻게 보내야 할지 답답해하는 친구들은 없는지 모르겠다. 자유롭게 나름대로 시간을 보낼 수 있으면 엄청나게 새로운 일을 경험할 수 있을 줄 알았는데 막상 시간이 생기고 보니까 컴퓨터 앞에 일없이 앉아 있거나, 텔레비전 앞에서 뜻 없이 시간을 보낸 것 말고는 기억나는 일 없이 하루를 보내고 허탈해하는 친구들도 적지 않을 것 같구나. 그리고 나면 의지력이 약한 자신을 탓하게 되고, 한숨만 쌓이고, 며칠 계속되면 포기하게 되고…….

물론 근본적으로 너희들 스스로에게 책임이 없는 것은 아니지만, 학교나 교육의 잘못이 더 큰 원인일 수도 있다는 생각이다. 학교생활이란 것이 대부분 학교에서 일방적으로 짜 놓은 시간 계획표에 따라 진행되고, 그 내용도 대개 전달과 주입 위주로 되어 있지 않니? 자율적으로 판단하고, 학습하기보다 암기 위주가 많고, 스스로 자기 시간을 운영할 기회를 거의 주지 않고 있다 보니 막상 방학처럼 자율적 시간이 되면 오히려 당황스러운 것이 당연한 일인지도 모르겠다. 그렇다고 포기하고 뜻 없이 방학을 보내서는 더욱 안 될 일이니 어찌해야 할까?

친구들아, 우선 내가 맞는 하루하루가 지금껏 살아 보지 못한 새로운 오늘이라는 사실을 깨닫자. 그리고 그 '오늘'을 어떻게 새롭게 채울까 고민해 보자. 공부나 학습에 너무 얽매이지 말고 지금껏 잊고 있던 다른 일들을 생각해 보자.

부모님 하시는 일을 직접 경험해 보는 것도 좋겠다. 동네를 샅샅이 조사해 보는 것도 좋겠다. 동네의 역사, 동네 어른들의 삶 이야기, 동네의 풍물이나 풍속……

가까운 산에 오르거나 들판에 나가 하루 종일 다녀 보는 것도 좋겠다. ≪식물도감≫을 손에 들고 우리 고장에 나는 식물을 조사해 보는 것도 좋겠지. 조금 눈을 넓혀 우리 고장의 (군이나 도) 역사나 유적, 특산물 같은 것을 조사해 보는 것도 좋겠지. 친구들과 당일 코스로 기차여행을 해 보는 것은 어떨까? 여행은 우리에게 새로운 세계를 많이 보여 주곤 하니까.

친구들아, 어제보다 나은 오늘을 살기 위해 내가 할 수 있는 일을 찾자. 아주 가까운 곳에 답이 있을지도 모른다. 잊지 말아라. 오늘은 지금껏 살아 보지 못한 날이고, 다시 돌아오지 않을 하루라는 사실을!

2003년 7월 21일

최교진 씀

수능시험을 치른 아이들에게

　며칠 전 수능고사 성적이 평소 모의고사 성적보다 10점 이상 떨어진 것 같다며 울먹이는 제자 선미의 전화를 받았다. 그보다 두 달 전 1학기 수시 모집에 응시하여 최종합격을 했다는 들뜬 목소리의 지숙이 전화도 받았다. 두 아이 모두에게 "수고했다. 이제 새로 시작이다."라는 말을 해 주었다. 지금 대부분 시골 학교 고3 교실은 모의고사보다 점수가 떨어진 친구들의 한숨 소리와 어두운 얼굴 표정 때문에 선생님들이 당황해하고 계시단다.

　대부분의 재수생 성적이 작년보다 10점 이상 올라 이제 고등학교 과정이 재수까지 포함해 4년제가 되는 것 아니냐는 농담 같은 걱정까지 들려온다. 재학생 성적은 작년보다 떨어지고 재수생 성적은 올라서 예년과 평균이 비슷하게 되었으니 열심히 교과과정을 충실히 가르친 학교 선생님들의 허탈한 심정은 오죽하실까?

수능고사는 말 그대로 '대학에서 교육과정을 제대로 수행할 수 있는 학습 능력이 되는가를 평가하는 시험'일 뿐이다. 도저히 대학 교과과정을 학습할 준비가 되어 있지 않은 사람을 걸러내어 대학교육이 아닌 다른 진로를 모색할 수 있게 도와주면 될 뿐, 일단 그 기준을 통과한 학생들은 점수 몇 점 차이를 가지고 다시 서열을 정할 이유는 없는 셈이다. 그런데도 이 땅의 현실은 그렇지 못하다. 1, 2점 차이 때문에 가고 싶은 대학이나 학과를 선택하지 못하게 된다. 도대체 전국의 고등학생을 단 한 차례 치르는 필기고사 성적만으로 줄을 세우는 이 폭력이 언제까지 계속되어야 하는지 답답하고 암울할 뿐이다.

더구나 올해도 예외 없이 두 명의 어린 생명이 수능 점수의 압박을 견디지 못하고 자살하는 일이 벌어졌는데도, 아무 일 없었다는 듯이 지나쳐 버리는 어른들의 무신경과 무책임이 너희들에게 한없이 부끄럽기만 하다.

학원에서 강의하던 사람이 출제위원이 되어 일부 학원에서는 수능고사와 비슷한 지문의 문제를 미리 풀어 보는 사태가 벌어져 사회적인 관심거리가 되고 있다. 물론 있어서는 안 되는 일이고, 그 진상이 철저히 파헤쳐져서 책임 있는 사람들에게 엄정한 처벌이 따라야 될 일이다. 그러나 지금 이 제도와 사회 관행을 그대로 놔두고는 그와 비슷한 일이 앞으로도 얼마든지 벌어질 수 있다는 생각이 든다.

학벌 중심의 사회 관행, 수도권 대학에 비해 상대적으로 차별 받는 지방대학의 문제, 학생의 적성이나 희망보다는 오직 점수에 따라 대학과 학과를 선택하게 하는 진로지도 문제 등 사회 전체가 해결해야 할 과제에 대해서는 오늘 얘기하지 않겠다.

생각보다 점수가 떨어져 울고 있는 너희들에게 묻고 싶다. 너의 장래 희망이 있고 그 희망을 이루는 데 고득점 학교 출신이 유리한 것이 인정하기 싫은 사실이지만, 그 대학에 간다고 모두 꿈을 이룰 수 있는 것도 아니고, 다른 대학에 간다고 그 길이 막히는 것도 아니다. 오히려 점수가 낮아졌다고 같은 대학의 다른 학과로 진로를 바꿀 수도 있다고 고민하고 있는 너희들이 더 걱정이구나.

다시 묻는다. 왜 좋은(?) 대학에 꼭 진학하려 하느냐고.

'잘살기 위해, 성공해서 행복하게 살기 위해……' 여러 가지 답이 있겠지. 그런데 성공한다는 것과 행복하다는 것이 반드시 일치하는 것은 아닐 텐데, 그럼 너희들은 둘 중 어느 것이 더 가치 있는 것이라고 생각하느냐고 묻고 싶다. 성공도 중요하지만 둘 중 하나를 선택한다면 누구나 행복한 삶을 골라야 하지 않을까?

그리고 모든 삶은 그대로 소중하고 가치가 있는 것이다. 농사짓는 네 부모님의 삶이 소중하다는 것을 너희들 스스로 잘 알고 있지 않니? 우리 모두는 각자 서 있는 자리에서 최선을 다하고, 그런 각자의 삶이 모여 사회 전체가 조화를 이루며 더불어 살아가는 것이 우리가 살아야 할 사회의 바람직한 모습일 거야. 그렇다면 오늘 내 자리에서 나 자신을 소중히 여기고, 정성스럽게 새로 시작하는 거야. 좀 더 나은 내일을 위해, 행복한 자신의 미래를 위해서.

친구들아, 수능시험을 보기까지 그동안 너무 오래 수고했다. 몸도 마음도 많이 지쳐 있을 줄 안다. 아무 얘기도 듣고 싶지 않을 정도로 마음에 상처를 받은 이도 있을 것이다. 그러나 어떤 경우에도 네 자신은 소중한 것이다. 그리고 지금은 새 출발을 하기에 결코 늦은 시간이 아니다. 또 네 앞에는 네가 가꾸기에 따라 얼마든지 변화 가능한 무한한 미래가 놓여 있다.

일어나라, 이제 이곳에서 새로 시작이다.

짧은 글 짧은 생각

마음으로 함께하자

중학교 3학년 때가 내 인생에서 가장 가난했다. 다니던 경동중학교는 서울시 성북구 돈암동 근처였는데 시내버스 차비가 없어 학교를 빠지거나, 새벽 네 시에 집이 있던 노원구 상계동 판자촌을 떠나 네 시간 이상을 걸어서 학교까지 걸어 가야 되는 날도 많았다. 수업료를 제때 내지 못해 등교 정지 당하는 일도 자주 있었다. 수업료 때문에 등교 정지될 때에는 담임 선생님의 배려로 수업은 할 수 있었지만 수시로 서무과로 불려 다니는 일은 피할 수 없었다.

어느 일요일 라면 한 끼밖에 먹지 못하고, 월요일 새벽 네 시에 통행금지 해제 사이렌 소리를 들으면서 학교에 갔다. 제발 서무과에서 부르지 말아 주기를 기도하며 책상에 엎드려 있는데, 배는 고프고 서러움이 복받쳐 오르기도 하고 억울하고 아버지가 원망스럽고 복잡한 심정이었다.

그때 집이 잘사는 친구 몇 명이 지난주말에 승마 다녀온 얘기를 하는데 깜짝 놀랐다. 주말마다 가서 탈 말을 지정하고 그 말의 사육비로 다달이 20만 원을 준다고 했다. 내가 못 낸 수업료는 8000원인데. 처음에는 슬프다가 곧 심한 분노가 일었다. 우리 부모님이 가엾고 세상에 화가 났다. 한편 그 녀석들이 부럽기도 했지만 견딜 수 없이 미웠다. 결국 고등학교 졸업할 때까지 그 애들하고는 한 번도 가까이 지내지 못하고 헤어졌다.

태풍 매미가 지나간 지 열흘이 되었는데 아직도 피해액조차 제대로 파악하지 못하고 있다. 현재까지 집계된 것만 5조 4천억 원이라고 한다. 피해 복구도 손이 모자라 제대로 안 되는 곳이 대부분이고, 시름에 겨운 수재민들의 허탈하고 절망적인 표정만 텔레비전 화면에 가득하다. 그런데 며칠 전에는 엄청난 피해를 입은 바닷가 양식장 근처에 낚시꾼이 몰려 복구 작업에 방해가 될 지경이라는 보도가 있었다. 보다 못한 해군에서 말리는 방송을 해도 막무가내라는 것이다. 그 어처구니없는 방송을 들으면서 뜬금없이 중학교 때가 생각나서 웃었다. 그때 일을 까마득히 잊고 살았는데 무의식 속에는 깊은 한처럼 자리 잡고 있었구나 하는 생각이 들어서였다.

그러니 엄청난 자연재해 앞에 절망하고 있는 상태에서 그런 일을 직접 겪은 사람들의 심정은 어떠할까? 영원히 인간에 대한 믿음을 거둬들이게 되지나 않을까 걱정되었다. 물론 내 일처럼 생각하여 마음 아파하면서 정성을 모으고 함께 현장에 달려가지 못해 안타까워하는 사람이 대부분이겠지만.

그 현장에 달려가 낚시하는 사람은 아니더라도, 내게 그 피해가 없는 것을 다행으로 여길 뿐 관심 갖지 않는 사람들이 혹시 많이 있는 것은 아닐까 걱정이다. 그렇다면 우리들의 학교에서 더불어 사는 삶을 제대로 가르치지 않은 결과일 것이다. 그리고 갈수록 이기적이고 저만 아는 개인주의가 판을 치게 될 것이고 세상은 살맛을 잃어버리게 될 것이다.

마음으로 함께하고, 아주 작은 것이라도 정성껏 모을 줄 아는 것이 더불어 공동체를 이루고 사는 법이라는 것을 우리 아이들이 모두 깨우쳐 알았으면 좋겠다.

보름달이 보이지 않았으면 한다

지난주에는 민족 최대 명절이라는 추석이 있었다. 그러나 우울한 명절일 수밖에 없었다. 이라크 파병, 신행정 수도 건설, 국가보안법 폐지, 친일진상규명법 개정, 호주제 폐지, 언론개혁 같은 수많은 국정 과제를 둘러싼 국민 여론이 두 갈래로 갈려 치열하게 부닥치고 있는 것처럼 보이는 상황이 그렇고, 경제가 나빠졌다고 아우성인데 올해 추석에 해외로 여행을 떠난 숫자가 그 어느 해보다도 많다는 사실에서 드러나듯 부의 편중이 심각하다는 상황이 또 그랬다.

나는 요즘 우리나라의 상황을 전쟁 상황이라 보고 있다. 100년 가까이 이 사회를 주무르면서 기득권을 누리던 사람들이 새롭게 바뀌는 시대의 흐름과 문화의 변화를 거부하면서 그들이 입만 열면 떠드는 '국가와 민족'은 안중에도 없이 자신들이 가진 것을 지키기 위해 수단과 방법을 가리지 않고 세상을 혼란에 빠뜨리고자 애쓰는 것으로 보인다. 물론 그 싸움의 앞장에는 조중동으로 불리는 수구 언론이 서 있고 각종 수구 단체들이 동원을 책임지고 있다. 이 땅의 민주주의 진전을 막고 독재 정권에 참여하던 자들이 감히 '원로'라는 이름을 자칭하면서 시국선언을 하는 어처구니없는 꼬락서니를 보아야 하는 혼란스러운 상황이라니…….

그런데 안타깝게도 개혁 세력은 수구 세력만큼 단결하지도 않고 그들처럼 긴장하지도 않는 것처럼 보인다. 한쪽은 전쟁을 치르듯 사생결단을 하고 있는데 다른 편에서는 적전 분열을 하고 있다면 그 싸움의 결과가 어떠할 것인지 심각하게 우려하지 않을 수 없다.

물론 나는 역사의 발전을 믿고 희망을 버리지 않는다. 이 땅의 주인인 국민이 중요한 역사적 고비 때마다 보여 주었던 현명한 판단을 믿고 다시 한 번 국민이 위대한 역사를 이루어 낼 것을 기대하기도 한다. 하지만 이런 때일수록 깨어 있는 양식 있는 개혁 세력이 현명하게 판단하고 단결할 때와 토론할 때를 가려서 행동해야 할 것이라는 생각한다.

어쨌든 금년 추석에는 세상일에서 잠시 멀어져 가족과 친지들과 함께 일상사, 가정사에만 관심을 갖고 편히 쉬어야겠다고 다짐을 하고 연휴를 지냈다. 평소에 하던 설거지나 청소는 물론, 서투르지만 음식 만드는 일도 함께하면서 즐거웠다. 네 식구 중 작은딸이 외국에 공부하러 나가 있어서 그 빈자리가 크게 느껴지기도 했다. 그래서 올해에는 날씨가 흐려 차라리 달이 보이지 않았으면 좋겠다는 생각을 했다.

휘영청 둥글고 환하게 뜬 보름달을 보면 함께 있지 못한 식구의 자리가 더 크게 보일 것 같다. 이라크에 파병되어 있는 자이툰 부대 병사들이 이라크 아이들의 맑은 눈에 비친 보름달을 보면서 무슨 생각을 할까? 그 병사들은 모두 무사히 귀국할 수 있을까? 결코 그럴 수 없을 것이 불 보듯 뻔한 일이나 그 가족들의 염려와 허전함은 얼마나 클까?

감옥에서 보낸 몇 번의 명절을 생각했다. 가족 가운데 누군가가 어떤 이유에서든 감옥에 가 있다면 그 식구들은 차라리 보름달을 보지 않는 것이 낫겠다는 생각도 했다.

얼마 전 세상을 떠난 후배 시인 윤중호의 아내와 어머니 그리고 두 아이들도 생각났다. 차라리 올해는 보름달이 보이지 않는 것이 낫지 않을까? 또 있다. 추석 이틀 전 위암 판정을 받고 병원에서 수술을 기다리는 목수이며 환경운동가이자 화가인 최병수다. 정신없는 그 가족에게 밝은 달은 너무 슬프게 보일 것만 같다.

아무 일 없는 사람들은 달이 보이지 않는 것이 작은 아쉬움 정도일 것이다. 그러나 아픈 사연을 가진 사람에게 밝은 달은 너무 잔인한 서러움일 수밖에 없다.

장기수 선생님들과 함께한 명절

명절이 다가온다. 작년까지는, 아니 올 설까지는 그래도 갈 곳이 있었다. 어머니는 돌아가셨지만 아버지가 대전에 계셨다. 아버지마저 돌아가시고 나니 올해 추석부터는 갈 곳이 없다. 아, 참 마음이 참 허전하다.

페이스북에 올린 송대헌 선생의 넋두리다. 곧바로 댓글을 달았다.
'나는 30년 됐어!'
아버지 돌아가신 81년 이후 내가 어머님을 모시고 살았으니 명절이 돼도 갈 곳이 없었다. 게다가 내가 외아들이다 보니 오는 사람도 없다. 그래서 명절날 우리 집은 쓸쓸한 편이다. 그 대신 아내에게 명절 증후군 따위는 없는 것을 자랑삼아야 하나.
시골 명절 풍경은 객지에 나간 식구들이 선물 보따리 하나씩 들고 찾아와 오랜만에 사람 사는 것처럼 떠들썩한 것이 제맛이다. 그런데 우리 집엔 명절이 되면 평소보다 더 찾는 이가 없으니 어린 딸아이는 명절만 되면 친구들 앞에 기가 죽었다. 작은딸 원이가 서너 살 되던 추석이었나? 옆집 친구가 고모랑 삼촌이랑 선물 사 갖고 왔다고 자랑하는 것을 보다가 불쑥 한마디 해서 한참 웃었다.

"우리 집은 삼촌이랑 고모가 백 개도 넘는다!"

대천여중에 첫 발령을 받고 근무할 때, 대학 운동권 후배들이 돌아가며 거의 날마다 찾아왔으니 그 말이 틀린 말은 아니었다.

어머니마저 1992년 세상을 떠나시고, 우리는 명절이 되어도 차례를 지내지 않고 추도예배로 대신하기도 했다. 아무래도 아니다 싶어 두어 해 지난 뒤부터 혼자서라도 다시 차례를 지내긴 하지만 재미는 없다. 그런데 1993년 초 대전 유성에 '사랑의 집'이 생겼다. 대전교도소에 계시다 출소한 비전향 장기수 선생님 가운데 서울로 가지 않은 몇 분이 사시는 집이다. 내가 다니는 빈들교회 정 목사님이 중심이 되어 모금을 해서 유성에 집 한 채를 전세로 빌려 장기수 선생님들이 살게 되었다.

김명수, 김용수, 한장호, 함세환 선생님이 함께 사셨다. 네 분이 감옥에서 보낸 해를 합치면 120년이 넘었다. 서울대를 졸업한 한장호 선생님은 41년 감옥에 계시는 동안 외출조차 거부하고 혼자 지내다 보니 말하는 것을 잊었는지 말씀이 매우 어눌하실 정도였다.

어쨌든 1993년 추석부터 우리 식구들은 갈 곳이 생겼다. 차례만 대충 지내고 '사랑의 집'에 달려가서 선생님들과 함께 아침을 먹었다. 평소 선생님들을 지극하게 모시는 분들이 많았지만 명절날 아침부터 달려 갈 수 있는 사람은 우리 식구뿐이라서 선생님들도 반갑게 맞아 주셨다. 우리 두 딸은 선생님들이 친손녀 대하듯 귀여워해 주셨다. 북쪽에 가족이 있는 김명수 선생님과 김용수 선생님은 40년 넘게 만나지 못한 딸이 있으니 손녀라기보다 친딸처럼 여겼을지도 모르겠다. 한 선생님과 함 선생님은 결혼을 하지 않았다. 그분들은 그분들대로 친손녀가 생긴 것처럼 대해 주셨다. 김명수 선생님은 논산 관촉사 주차장에 근무하지만 월급이 보잘것없고, 다른 분들도 가끔 일이 생기면 막노동을 하기도 하지만 수중에 돈이 있을 리가 없었다. 그런데도 명절이 되면 우리 두 딸을 위해 양말이나 과자 같은 선물을 준비하셨다. 1999년 네 분 모두 북쪽으로 송환되어 가실 때까지 명절은 그래도 갈 곳이 있어 행복했다.

2001년 처음 평양에 갔을 때 행사장에서 잠깐 동안이지만 선생님들을 다시 만났을 때도 잊지 않고 우리 식구들의 안부를 챙겨 물으셨다. 그때 김명수 선생님은 가족들을 만나 함께 사신다고 했다. 그 뒤 함 선생님이 결혼하신 소식, 김용수 선생님은 대학교수로 일하는 따님과 함께 산다는 소식을 들었다. 그리고 2005년엔가 김명수 선생님이 돌아가셨다는 소식을 들었는데, 송환하실 때 가장 젊었던 함 선생님이 예순여덟이었으니, 다른 두 선생님도 아직 살아 계시거나 할지 모르겠다.

사랑보다 큰 선물

어제 택배로 선물 두 개가 도착했다. 사랑과 정성스런 마음이 가득 담긴 선물이었다.

하나는 책이었다. 초기 전교조가 어려웠던 시절 위원장으로 계셨던 정해숙 선생님이 보내셨다. '안중근 투쟁 100주년, 순국 100주년'을 기념하여 열화당에서 출판한 ≪안중근 전쟁 끝나지 않았다≫는 책이다. 감옥에서 기록한 신문 조서와 법원에서 한 재판 기록을 고스란히 정리한 안중근의 법정 투쟁 기록이라 이를 수 있다. 이 책은 그의 당당한 외침을 통해 그의 뛰어난 사상과 철학을 깨달을 수 있는 책이라 한다. 10년 전에 초판이 출판되었는데, 자료라 생각하여 구하지도 않고 못 읽었는데, 이번에 순국 100주년을 기념하는 개정판이 새로 나온 것이다.

정해숙 선생님은 당신이 읽고 감명을 받은 책이 있으면, 구입해서 가까운 후배들에게 이렇게 가끔 선물로 보내신다. 몇 달 전에도 ≪무탄트≫이야기를 보내셨다. 더러는 내가 먼저 읽어 본 책일 때도 있지만, 대개 내가 미처 챙기지 못한 책일 경우가 많다. 간단한 메모가 덧붙어 있다.

"책 한 권 보냅니다. 날마다 행복하기를! 11월 24일 정해숙"

틀림없이 내 생일을 챙겨 주신 것일 게다. 주소가 바뀌어 되돌아가서, 다시 부친 것이다. 고맙다고 전화를 드리니, "음, 그냥 책이 좋기에." 하신다. 자꾸 이러시면 제가 죄송해서 어쩌냐고 하니, 웃으며 "지난 추석 때는 내가 미안했잖아."하신다.

선생님은 옛날 전교조가 어려움을 겪던 초기 시절에 후배들이 명절 때 작은 선물이라도 보내 드리면 꼭 그것을 다른 해직 교사 후배에게 주셨다. 오죽하면 선생님께 선물하려면 다른 사람에게 다시 줄 수 없게 포장을 뜯어서 전달해야 한다는 이야기를 했을 정도였다. 언제나 자신을 비우고, 자기가 가진 것을 나누는 일에 부지런한 선생님은 내 스승 가운데 아직 살아 계신 마지막 분이다. 문익환, 이오덕, 권정생, 윤영규 선생님은 모두 이제는 안 계시니까.

생각할수록 참 좋은 스승들을 만났고, 그 스승들에게 과분한 사랑과 가르침을 받은 사실은 내게 가장 크고 유일한 자랑거리다. 오늘, 다시 그 스승들 앞에 부끄럽지 않은 제자로 살아야 한다는 다짐을 한다.

또 하나는 안면도 누동학원 제자 종미가 보낸 '홍삼정'이었다. 생각지도 못한 선물에 고맙다고 전화하니까, "그것 잘 챙겨 드시고 오래오래 건강하세요. 그래야 오래 저희 곁에 계실 수 있으니까요." 한다. 웬 선물이냐니까 '오늘이 선생님 음력 생일이잖아요? 저희 집은 제사나 생일을 음력으로 지내니까 선생님 생일도 음력으로 달력에 표시해 두었어요' 한다. 그러고 보니 작년에도 양말 선물을 받았나.

나는 저희들 생일을 하나도 챙기지 못하는데, 아니 알지도 못하는데, 30년도 더 전에 딱 1년 함께 지낸 내 생일을 아직도 기억하고 선물을 보냈다. 지금도 건설 현장에서 재정 관리를 하며 열심히 살아가는 종미는 늘 '날마다 일하러 나갈 일터가 있다는 것이 가장 큰 행복'이라고 웃으며 말하고, 당당히 그리고 참 열심히 살아간다.

나를 돌아보게 하고, 나를 부끄럽게 만드는 우리 아이들. 중학교 진학을 못해 다닌 누동학원이었으니, 대부분은 국졸 학력으로 이 학벌 중시 사회를 살아나가느라 얼마나 어려움이 많았을까? 그런데 하나같이 삶의 현장에서 열심히 지내고 있다. 당연히 높은 자리에 오르거나 큰 부자가 된 사람은 없지만, 정말 성실하게 삶을 가꾸고 가정을 이끌면서 건강하게 살고 있는 누동 식구들이 참 자랑스럽다.

전화 마칠 때, "선생님, 며칠 전 김장을 했어요. 이번에는 광희랑 친구들이 도와줘서 다른 해보다 훨씬 맛있을 거예요. 그래서 선생님 몫도 따로 담가 두었으니, 곧 택배로 부칠게요." 한다. 어머니 돌아가신 뒤 우리 집이 김장을 하지 않는 걸 알았을까? 여기저기서 얻어먹기도 하고, 시장에서 사 먹기도 한다는 이야기를 언젠가 아이들에게 한 일이 있나 보다. 그걸 기억하고 내게 맛보이려고 김장을 더한 종미와 그 친구들의 마음씀이 고맙고 고맙다.

그동안 나는 스승보다 못하고, 제자보다 못하다는 생각을 한 어제였다.

그래도 참 행복하다고 느낀 날이었다. 이제부터 나도 우리 스승처럼 더 많이 후배들과 제자들과 이웃을 챙겨야겠다. 이웃과 나누는 일이 가장 먼저인 삶을 살아야겠다. 나도 내 제자처럼 더 열심히 내 삶의 현장을 사랑하며 살아야겠다. 나도 내 스승을 기억하고 찾아가고, 그분들께 무언가를 드리며 살아야겠다.

아우들에게 배울 수 있어서 행복하다

요즘 글도 제대로 써 내지 못하고 지냈다. 게다가 멀다는 핑계로, 바쁘다는 핑계로 또는 교회를 핑계로 총회에도 그동안 거의 참석을 못했다. 그러니 내가 회원 자격이 있나 하는 생각을 하며 늘 미안하기만 했다. 그런데 이번에 오랜만에 총회에 참석을 하니 좋다. 맏형이 떠난 빈자리를 사잇골에서는 정양언과 조용명이 채우고, 식구들이 다 모이니 상석이가 또 그 자리를 채워 주고 있어 든든하고 고맙다. 우리 아이들이 자라서 대학생이 되고, 어른이 되어 자연스럽게 한데 어울리는 모습은 또 하나의 희망이다. "못난 놈들은 서로 얼굴만 봐도 흥겹다."는 신경림의 시구가 저절로 떠오르는 모임이다.

만나서 함께 얼굴을 대하고 있으면 무엇을 하고 있어도 통하고 행복할 수 있는 사람들. 그래서 총회의 프로그램은 별로 중요하지 않은 것 같다.

그래도 둘째 날 오전과 저녁에 2부로 진행한 세 아우의 발제가 내게는 신선한 충격으로 기억된다. 발제를 우리 모임의 젊은 피(?) 은영이와 동철 그리고 기범이가 맡아 준 것이 우선 반갑다. 생각하면 아우들도 모두 마흔 안팎이니 젊다고만 할 수도 없는 노릇인데, 이무기들과 어울려 지내다 보니 평생 아우 노릇을 해야 하는 불이익을 당하는 셈이다.

이 대목에서 한 가지 생각. 글쓰기회 때부터 우리 세대를 통틀어 이무기라 하는데, 이무기는 용이 되어 하늘로 오르고 싶은데 그러지 못한 자들이 아닌가? 용이면 용다울 텐데, 그럴 수 없는 자들이라 이무기이니 용 될 자격은 없고, 용은 되고 싶고. 그러니 늘 불만이 많을 테고, 쓸데없는 자존심만 높지 않겠는가? 아무튼 이무기들 따라다니며 우리 아우들이 겪었을 고초를 익히 짐작하게 해 주는 이름이 이무기였구나!

어쨌든 미안하게도 세 아우의 발제를 들을 때 이미 적당히 취해 있었고, 평소 듣는 태도가 진지하지도 못한 데다가 이젠 나이 먹어 기억력도 없는 주제에 메모조차 하지 않아 그 내용은 제대로 생각나지 않는다. 다만, 이제 아우들에 의해 '글과그림'에 새로운 바람이 불겠구나 하는 생각은 여러 차례 했다. 그러니 발제한 사람이 말하려고 했던 것과 내가 받아들인 것은 전혀 다를 수 있겠다. 그래도 나는 내 나름으로 받아들인 것만으로도 좋았으니 그 얘기를 몇 마디만 하고 싶다.

먼저 은영이가 무릎 꿇고 앉아 이야기했다. '이오덕 선생님의 ≪일하는 아이들≫ 읽기'라는 제목으로, 그 책의 '일하는'을 중심으로 생각을 이야기한다. 오랜 시간을 들여 그 책을 다시 읽고 상세하게 분석하여 이야깃거리를 준비한 것 같았다. 예전에 속초글쓰기회 시절 그 책을 읽고 가장 좋은 시 한 편씩 골라 보기를 했을 때, 〈까만 새〉와 〈필통〉을 고른 사람이 많았다며 그 시를 읽어 준다. 그랬어, 나도 〈까만 새〉를 기억하고 있었지 하는 생각이 든다.

이 책 제목과 달리 실제 일하는 모습이 드러난 작품이 의외로 많지 않다는 것을 지적한다. 또 이오덕 선생님이 아이들 글에 대해 해 주신 평을 들어 보여 준다. 마르크스 정치경제학을 인용하여 노동의 근본적 의미에 대해서까지 짚어 가며 이야기한다. 오늘날 자본주의 시대 과연 '일'을 어떻게 받아들여야 할까를 새롭게 묻기도 한다.

무척 겸손하게 이야기를 풀어 갔지만, 은영이 이야기를 "이오덕 선생님의 생각을 존중한다. 그러나 이미 60~70년대에 실천한 내용을 오늘에 그대로 적용할 수는 없다. 우리 스스로 나서서 질문을 해야 한다. 달라진 요즘 아이들에 맞는 새로운 방법을 찾아야 한다. '글과그림'이 그 일을 시작해야 한다."는 것으로 들었다. A4 용지 열 장 분량의 원고를 준비한 이은영의 발제가 끝났다. 많은 벗들이 공감하며 말을 보태어 내용을 채운다. 보태는 말도 모두 공감이 간다. 나는 한마디도 하지 못했다.

이어서 탁동철이 발제한다. 발제할 내용을 요약해서 단어들로만 A4 용지 두 장에 빼곡하다. 그러니 결국 발제를 1부와 2부로 나누어 두 차례 진행할 수밖에 없는 많은 이야깃거리를 준비했다. 앞선 은영이 발제하는 시간에 혼자 소주 한 병을 거의 다 비우고 시작했다. 그만큼 이야기 꺼내기에 부담이 간다는 것인가? 선배 한 사람 한 사람의 삶을 짚는다. 아슬아슬하다. 머리를 들고 탁동철을 바라볼 수 없다. 무어라 꾸지람해도 할 말이 없으니까. 다행일까? 많이 봐준 것인가? 그래도 '글과그림' 선배들의 삶을 긍정적으로 이야기해 준다. 한숨이 절로 난다.

맏형 황시백을 처음 만난 때 들었다는 이야기,

"이 잘못된 세상에 생채기를 내고 싶다."

그 말이 절실하게 들린다.

그랬어, 형은 늘 혁명을 꿈꾸며 살았어. 형에게 글쓰기는, 농사는, 집짓기는 그리고 공동체는 모두 혁명의 방법이었어. 그래, 이오덕 선생님도 글쓰기교육을, 우리말과 우리 글 살리기를 혼자서 거대한 벽에 맞서는 투쟁으로 혁명으로 사셨어. 용명이도 농사를 지으며 가난을 꿈꾸며 늘 혁명을 살고 있지. 지금 탁동철은 우리에게 혁명을 이야기하고 있는 거라는 생각이 들었다. 온몸으로 부딪치며 아이들을 사랑하고 아이들과 어울리고 아이들 때문에 아파하고 탁동철은 지금 혁명을 하고 있는 거로구나.

대학원에서 하는 공부에 대해서도 이야기한다. 자신이 살고 있는 삶이라는 혁명에 공부가 도움이 되어야 하는데 아직 그렇지 못하구나. 공부를 위한 공부, 논문을 잘 쓰기 위한 공부를 하려는 건 아닌데 아직 길이 보이지 않지만 다른 사람들보다 훨씬 지독하게 공부를 하고 있겠구나 쉽게 짐작할 수 있다. 너무 오래 같은 자리에 편안하게 서 있는 선배들에게 당신들의 옛날 모습은 아름다웠더라도 지금은 아니라고 말하는 것으로 들린다. 우리는 지금, 이제 탁동철을 따라 그의 사는 모습을 보고 배우며 함께 새로운 시작을 해야 할 때가 왔다는 선언을 하고 있다는 느낌이 들었다.

물론 오후에 화진포를 다녀오는 동안 탁동철의 1부 발제에 대해 많은 동무들이 이야기를 보탰지만 나는 쓸데없는 농담으로 피해야 했다. 그의 발제에 대해 끝내 그날은 한마디도 할 수 없었다.

세 번째 기범이 발제는 상석이에게 보낸 여섯 장의 빼곡히 쓴 편지로 대신했다. 겉으로는 문화재 보수 기술자 시험 준비로 못 온다는 내용이지만 그 안에 훌륭한 발제가 들어 있었다. 기범이는 언제나 나를 부끄럽게 하는 삶을 실천하며 사는 사람이지만, "지금도 살림을 가난하게 해야 한다는, 적게 벌고 적게 써야 한다는, 내 삶의 기름을 더 빼야 한다는 생각에 변함이 없다"는 말은 숙연하게 들린다. '바람에 이는 잎새에도 괴로워할 줄 아는 삶을 살아야 하지 않느냐고 꾸짖는 소리로 들린다. 아, 그리고 지난번 정선 모임 때 상석이는 아우들 앞에서 울음을 터뜨리고, 목도리를 풀어 기범이에게 둘러 줬구나. 저런 동무가 있어 참 좋다.

결국 기범이의 발제에 대해서도 나는 한마디도 할 수 없었다.

이번 총회에 참석해서 많이 행복하다. 이런 동무들을 알고 지낼 수 있는 것이 얼마나 큰 축복인지 자랑하고 싶다. 무엇보다 세 아우 아니 이제는 새로운 글과 그림을 이끌고 나갈 이은영 선생님, 탁동철 선생님, 박기범 선생님이 새롭게 던진 화두를 들을 수 있어 다행이다. 아직도 나는 이들의 물음과 제안과 꾸짖음에 대답을 준비하진 못했지만, 더 이상 이무기 노릇하지 않고 따라가며, 배우고 실천하며 살아야겠다는 다짐은 할 수 있다. 그것만으로도 나는 충분히 행복하다.

아내여, 젖은 손의 기다림이여

어제 존경하는 후배 명길 경남 부부가 결혼해서 함께 산 지 1만 1111일 되는 날이라 막걸리 한잔하며 자축하고 있다고 모임 카페에 사진을 올렸다. 30년 남짓 산 모양이지? 어쨌거나 어떻게 날짜를 헤아리고 또 잊지 않고 기억했는지 놀라웠다. 그런데 5월 21일, 오늘이 부부의 날이라한다. 그래서 명길 경남이 부부가 기념사진을 올렸던 모양이다.

우리 부부도 함께 산 지 35년이 넘은 셈인데, 돌이켜 보면 아내에게 미안한 일투성이다. 1978년 2월, 결혼 당시 나는 대학 제적생으로 막 군대에서 제대한 상태였다. 아내는 대학 졸업반 학생이었고, 둘이서 찬물 떠놓고 한 결혼이었어다. 그해 11월 첫딸 민이가 태어났다.

1978년 한 해를 안면도 누동학원에서 지냈다. 가난 때문에 중학교 진학을 못하는 아이들을 모아 가르치던 재건학교였다. 나로서는 제대로 된 교육을 할 수 있었던 시기로 기억하지만, 돈은 전혀 벌지 못하는 봉사활동이었다. 그런데 아이가 태어나니 부모님은 돈을 벌라는 압력을 거세게 하셨다. 그래서 졸업한 아내가 내 고향 마을 중학교 교사가 되어 부모님을 모시고 살게 되었고, 나는 대전에 나와 잠깐 학원 강사 생활을 하기도 했다. 그해 박정희 대통령이 죽고 80년 나는 복학을 했다.

1980년 5월 18일 계엄령 전국 확대 조치 후 잡혀가서 보안사 지하실과 헌병대 유치장을 거쳐 4주 순화교육까지 받고 나오는 두어 달 동안 아내는 내 생사조차 알지 못한 채 초조하게 기다렸다고 한다. 다행히 내가 돌아온 직후인 8월에 둘째 원이가 태어났다. 배부른 몸으로 집에서 학교까지 40분 걸어서 출퇴근하는 길에 남편이 살아 있기나 한지 도대체 어디로 잡혀갔는지 소식을 알 길 없어 혼자 울면서 다닌 날이 많았다고 한다. 그런 경험이 있어서 그 후 두 차례 더 구속되었을 때는 오히려 어디에 있는지 알고, 언제든지 찾아가 면회할 수 있어서 편안한 마음으로 받아들일 수 있었다고 한다.

그리고 우여곡절 끝에 내가 1981년 졸업하고 대천에 첫 발령을 받고 나서 처음으로 함께 살게 되었다. 1984년 9월 첫 해직될 때까지 3년 6개월이 가장 평화롭고 꿈같은 신혼생활이었던 것 같다. 물론 그때도 거의 날마다 찾아오는 대학 운동권 후배들과 술 마시고 취해서 함께 어깨동무하고 늦게 들어가는 일이 많기는 했지만.

첫 해직 이후 1985년 대전에 있는 동지들과 함께 충남민주운동청년연합을 만들어 활동하기 위해 나 혼자 대전으로 오게 되었다. 그러자 아내는 자기가 대천에 혼자 남아 자취를 하고, 어머니와 아이들을 대전으로 이사하게 했다. 남편에게 어머님이 지어 주시는 밥이라도 제때 먹이려는 배려였다.

1986년 부여 홍산으로 학교를 옮겼어도 통근하기에는 무리인 거리였다. 우리 집이 대전에서도 가장 변두리인 회덕에 있었으니까. 그래도 대전 회덕에서부터 대중교통을 이용해서 왕복 여섯 시간 가까이 걸리는 거리를 출퇴근했다. 누구보다 잠이 많은 아내로서는 도저히 할 수 없는 일을 한 셈이다. 어쩌면 날마다 녹초가 되는 하루하루를 보낸 셈이다. 나는 1987년까지 충남민청과 충청민주교육실천협의회 등 재야활동을 하면서 거의 다달이 구류를 살아야 하는 생활을 했다. 그러다 1987년 7월 서울에서 구속돼서 아내는 서대문교도소까지 옥바라지하러 다녀야 했다.

1988년 8월 논산에 있는 강경여중에 내가 복직을 하게 되자 그때서야 집을 논산, 부여 가까운 도마동으로 이사를 했다. 자기가 불편할 때는 이사 이야기도 않고 있다가 내가 복직을 한 뒤에야 서부터미널 가까운 곳으로 이사한 것이다. 회덕에서 서부터미널까지 시내버스를 타고 45분 걸리는 거리였으니 아내도 통근 시간이 훨씬 짧아진 셈이다. 아내는 그때 부여 석성중학에 근무하고 있었다. 나는 4년 만에 복직을 했지만 교사협의회 창립이나 사립학교 투쟁 지원 등의 일로 매우 바빴다. 그나마 1989년 6월 초 전교조 결성을 주도했다는 이유로 다시 10개월 만에 파면이 되고 감옥으로 가야 했다.

그리고 전교조 활동을 계속하면서 다른 해직 교사들이 복직한 1994년에도 충남에서는 혼자 조직에 남아 있다가 1998년 10월 말에 부여 세도중학교에 복직을 했다. 전교조 활동을 한 10년 동안은 충남지부장을 맡아 지부 사무실이 있던 홍성이나 천안 사무실에서 지내거나 전교조 본부가 있는 서울에 올라가 살면서 부위원장 일을 해야 했다. 그때는 각종 회의나 집회 그리고 현장 방문을 위해 일주일에 사흘 집에 들어가기도 쉽지 않은 생활을 계속했다.

그래서 그랬을까? 복직해서 내가 현장 적응을 위해 세도에 방을 얻어 있겠다고 하자 아내가 다음해인 1999년에 따라와서 함께 지냈다. 세도에서 논산으로 출퇴근한 셈이다. 작은딸 원이가 1999년 대학생이 되어서 주말에만 대전 집에 가는 생활이 가능했다. 그러나 한 해만 세도에서 둘이 살았을 뿐, 2000년에 다시 나는 전교조 본부에 상근하러 서울로 가게 되었고 우리는 또 헤어져 지내야 했다. 그리고 그때 일로 2002년 말에 세 번째 해직이 됐다. 합법적인 전교조 상근 기간까지 모두 합쳐야 9년 동안만 교사 생활을 한 셈이다. 그 뒤로도 크게 다르지 않은 생활을 했다.

2003년 이번에는 시민단체 일을 하다가 열린우리당 창당하는 데 지역 시민운동 세력을 대표해서 참여하게 되었다. 어울리지 않는 정당 생활을 3년 정도 했다. 비록 사면 복권이 되지 않아 출마를 하진 못했지만, 당원들이 선출하는 중앙위원 선거에 나가 당선되기도 했다. 중앙당에서 젊고 개혁적인 후배들과 함께 '참여정치연구회'라는 소수 개혁파 활동을 하기도 했다. 그러다 2005년 말에 공기업 감사로 발령이 나서 이명박 정권 초기까지 2년 반 정도 근무하는 특별한 경험도 했다.

그 후 대전에 내려와 시민운동, 통일운동을 하다가 작년 세종시 교육감 선거를 위해 28년 만에 대전을 떠나 조치원으로 이사를 했다. 마침 아내는 '오십견'으로 몸이 불편해서 더 이상 교단에 서기가 힘들어서 명예퇴직을 하기로 마음먹은 상태였다. 결국 명예퇴직금을 선거 자금으로 쓰고 선거를 치렀다.

그리고 선거 끝난 뒤에야 아내는 처음으로 퇴직한 즐거움을 누리게 됐다. 아침잠이 많은 아내는 늦잠을 실컷 자는 것이 소원이었다. 그런데 선거운동 기간에 퇴직을 해서 선거 끝난 후에야 꿈꾸던 늦잠 자는 생활을 누리게 된 셈이다.

그리고 요즘 우리 부부는 늘 붙어 지낸다. 내가 운전을 하지 못하기 때문에 아내가 기사 노릇을 하면서 함께 다닌다. 결혼 초 대천에서 지낸 3년 6개월을 빼면 이제 다시 신혼생활을 시작하는 느낌이다. 그래서 요즘 아내의 표정을 보면 언제나 평화롭고 행복해 보인다.

세 차례 해직을 당하면서 경력이 짧다 보니 나는 연금도 없고, 모아 놓은 재산은 전혀 없으며 현재 수입도 한 푼 없는 남편이다. 게다가 선거를 치르느라 오히려 아내의 퇴직금을 써 버리고 아내의 연금에 기대어 사는 남편인데도 아내는 내게 건강을 위해 술과 담배를 끊으라는 요구 말고는 불만이 전혀 없다고 한다. 옆에 있는 것이 귀찮다는 60대 남편인데도 늘 함께 있으면 좋다고 이야기한다. 평생 걱정만 하게 하고 마음고생도 꽤 시켰는데 이렇게 나를 위해 주는 아내가 참으로 고맙고, 아내를 만난 것이 내게 가장 큰 축복이라고 생각한다.

이런 깨달음이 있는 오늘이라도 아내 곁에서 충성할 수 있으면 좋으련

만 오늘도 약속이 있어 서울에 다녀와야 한다. 그러니 오늘은 서울 모임
끝나는 대로 술 먹지 말고 서둘러 내려오는 착한 일이라도 해야 되겠다.

희망은 우리가 만들자

소곡주로 유명한 충남 서천군 한산면에 신성리가 있다. 금강 하구를 낀
이곳에 유명한 갈대숲이 있다. 영화 〈공동경비구역 JSA〉의 촬영지라서
더욱 널리 알려졌다. 요즈음에는 전국에서 사람들이 관광하러 들르는 명
소가 되었다. 서천군은 찾아오는 관광객을 위해 갈대숲에 음악이 흐르는
길, 시와 함께하는 길, 재미있는 길 같은 이름을 붙이고 이름에 걸맞은 소
박한 시설을 갖추어 놓았다. 갈대숲을 걸으면서 좋은 음악을 들을 수도 있
고, 시를 감상할 수도 있다. 앉아 쉴 수 있는 평상도 몇 군데 마련해서 편히
앉아 흐르는 강물을 바라볼 수 있다. 더구나 밤에 평상에 앉아 소곡주 마
시면서 강에 비친 달을 바라보면 세상 모든 시름을 잊을 수 있을 것 같다.
입장료도 없고 음료수 정도를 파는 아주 작은 가게만 소박하게 하나 있다.
관광객을 배려해서 시설은 갖추되 직접 돈벌이는 하지 않는 것이 이 마을
의 푸근한 인심을 느끼게 해 준다. 찾는 이들이 모두 편안하고 푸근한 마

음으로 돌아갈 수 있는 것도 이런 까닭 때문인지도 모른다.

오늘쯤 그곳에 가서 평상에 누우면 갈대들이 서로 몸 부대끼며 내는 소리를 들을 수 있을 것이다. 가을이 깊어갈수록 갈대는 점점 물기를 잃게 되고 부딪치는 소리도 더 커지게 된다. 어쩌면 한생을 마무리하면서 서로서로 몸 부딪치며 이별 인사를 하는지도 모른다. 이 갈대 소리는 참으로 아름다운 노랫소리로도 들리고 낮은 속삭임처럼 들리기도 한다.

하지만 슬픈 사연이 있는 사람에게는 서러운 이별 노래로 들릴지도 모른다. 외로운 사람에게는 쓸쓸하게 들릴 테고, 사랑하는 연인이 함께 듣는다면 달콤한 속삭임이나 나지막한 노랫소리로 들릴지도 모르겠다. 갈대 소리는 하나이지만 듣는 이의 처지에 따라 전혀 다르게 들릴 것이다.

그런데 조금씩 말라가는 저 갈대의 발치 밑 땅속에서는 갈대 뿌리들이 아무 소리도 내지 않으면서 내년 봄을 준비하고 있다. 그리하여 추운 겨울 지나면서 마른 갈대들이 모두 쓰러지고 난 후에도 우리는 봄날 새롭게 자라는 갈대의 파란 싹을 볼 수 있게 된다. 그리고 해마다 가을이 오면 올해와는 다른 새로운 갈대숲이 몸 부대끼며 들려주는 소리를 또다시 들을 수 있게 될 것이다.

신동엽의 장시 ≪금강≫을 노래극으로 만들어 처음 공연한 사람이 문익환 목사님의 장남이 문호근 선배다. 문 선배는 가극 〈금강〉을 만들면서 평양에서 공연하는 것을 목표로 세우고 추진했다. 문 선배가 세상을 떠난 지 3년이 지난 올해 드디어 평양에서 공연을 하기로 남북이 합의하고 공연 준비를 했다.

이번에는 김석만 씨가 연출을 맡았다. 배우도 바뀌고 연출도 바뀌었지만 무대의 배경이 바로 금강가의 갈대숲이었다. 주인공 하늬가 비록 동학농민항쟁에서는 패배해도 4·19로, 6월 항쟁으로, 민주주의로, 통일로 끝없이 되살아나는 것을 상징하고 있다는 느낌이 든다. 보이지 않는 곳에서 지금 봄을 준비하는 뿌리가 있어 갈대숲은 해마다 부활할 수 있을 것이다.

신행정수도 이전이 관습헌법에 따른 위헌이라는 해괴한 판결이 어제 헌법재판소에서 있었다. 어이없어하는 사람, 분노하는 사람, 허탈해하는 사람, 기뻐 환호하는 사람……. 반응은 사람들의 처지에 따라 다양하다. 그러나 나는 이 일에서 또 다른 희망을 본다. 마지막 쓰러져 가는 갈대의 소리를 헌법재판소 재판관들의 판결에서 듣는다. 새봄을 준비하는 뿌리의 노력이 지금도 계속되고 있음을 굳게 믿으면서 그런 모습을 여러 곳에서 확인도 한다.

어제 두 시 판결문 낭독이 30분간 있었고, 대전시민단체 일꾼들은 2시 30분부터 회의를 했고, 네 시에 집회와 기자회견을 했다. 오늘 한나라당 항의 방문을 했고 여러 단체의 기자회견과 성명서가 제출되었다. 그리고 오후 다섯 시 대전역에 모여 국보법 폐지와 헌법재판소를 규탄하는 집회를 했다. 내일 광화문으로 가자는 결의도 했다.

내가 참여하는 단체에서도 오늘 전국의 대표자들이 모여 비상회의를 열었다. 각 지역별로 활발히 대응을 하고 있다. 25일 월요일 여러 명의 자치단체장(시장, 군수)을 포함한 전국 각지의 대표들이 모여서 기자회견을 열고, 헌법재판소 앞에서 천 명 규모의 규탄대회를 하기로 했다. 몇 안 되는 활동가들이 집회 신고를 하고, 집회 준비를 하고, 전국에 연락하느라 전화기에 매달리고, 성명서 준비하고……. 그야말로 비상 상황에 맞게 바쁘게 움직이고 있다.

그렇다. 우리는 지금 봄을 준비해야 한다. 희망을 우리가 만들어 가야 한다. 함께하는 수많은 벗들이 곁에 있다. 저 넓은 갈대숲이 봄이 되면 한꺼번에 피어나기 위해 모든 뿌리들이 희망이 되어 조용히 움직이고 있지 않은가?

지난 교육감 선거 이야기

 2012년 교육감 선거가 끝났다. 행복했다. 선거 기간 내내 고맙고 즐거웠다. 우리 캠프는 모두 할 수 있는 최선을 다했다. 그리고 약속대로 '날마다 이기는 선거'를 치렀다. 그래서 아쉬움이나 후회는 없다. 그저 과정에서 받은 그 많은 정성과 사랑을 어떻게 갚으며 살 수 있나 걱정이 있을 뿐이다.

 세종특별자치시 법이 우여곡절 끝에 2010년 12월 말에 통과되면서 사실상 시장과 교육감 선거는 시작됐다. 2011년 봄이 되자 당시 연기군 교육장을 비롯해서 10여 명이 자천타천으로 후보로 거론되고 활발하게 지역 행사에 나타나 자신을 알리고 다녔다. 대부분 지역 연고가 있는 교육 관료 출신들이었다. 전직 충남과 대전 교육감 출신도 있었고 대학교수와 전·현직 교장 그리고 서울시 부교육감 출신도 열심히 준비하고 있는 것처럼 보였다.

 그런데 거론되는 후보들이 하나같이 보수 일색이었다. 지역의 민주 진보 단체에서는 민교협 출신 교수 가운데 후보를 물색하고 접촉을 시도해 봤으나 쉽지 않은 모양이었다. 4월경 노무현 대통령 2주기 행사를 준비하기 위해 만난 후배 한 명이 거의 울먹일 듯한 목소리로 내게 항의하듯 말했다.

"노무현 대통령의 철학이 배어 있는 세종시의 교육감 선거에 우리는 팔짱을 끼고 구경만 해야 되느냐? 교육계에서 후보를 책임지고 내라. 후보를 못 구하면 선생님이라도 출마해야 하는 것 아니냐?"

"왜 사람이 없겠어? 차분히 더 찾아보자. 그래도 없으면 나라도 출마할 테니 걱정하지 말고."

당시 나는 안희정 도지사의 부탁을 받고 충남장학회 상임이사로 일하면서, 지역 출신 대학생을 위한 기숙사인 충남학사를 통합하고 평생교육까지 전담할 새로운 충남희망교육재단을 준비하고 있었다. 그리고 특별한 사정이 없는 한 새로 시작하는 재단에서 정착이 될 때까지 책임지고 재단을 맡아 일하기로 약속이 되어 있었다. 그런 사정을 주변에서 알고 있기 때문에 위로하기 위해 한 그 말이 출마를 피할 수 없는 결정적인 계기가 될 줄은 생각지 못했다. 5월 말에 연기군에서 치른 노무현 추모제에 가서 추모 강연을 할 때까지도 그랬다.

그런데 지역에서는 후배에게 한 내 말이 퍼지고 교육감 후보는 결정됐으니 적절한 시장 후보를 물색하는 데 힘을 모으자는 분위기였다. 그래서 주변과 상의를 시작했다. 대체로 반기는 분위기였다. 전교조 동지들은 자기 일처럼 나서겠다며 반가워했다. 지난 2010년 지방 선거에서 여섯 명의 진보 교육감이 당선될 때 대전과 충남에서는 민주 진보 후보조차 내지 못했던 일을 생각하면 당연한 반응이기도 했다.

두 사람이 반대했다. 한 후배는 '도시와 달리 지독한 지역선거가 될 것이라 선생님의 장점을 드러내지도 못한 채 패배할 위험이 크니, 교육재단 일을 잘 마무리하고 다음 지방자치 선거 때 충남교육감 선거에 도전하는 것이 좋겠다'는 의견이었다. 그러나 다음 충남 선거 때는 지금 교육의원으로 활동하는 선배와 후배 동지가 있으니 반드시 내가 나서지 않아도 될 일이었다.

다른 한 후배는 "왜 출마하나? 왜 당신이 아니면 안 되나?에 대한 확실한 답이 없으면 하지 말라."는 것이었다. 곰곰 생각해 보니 맞는 말이었다. 스스로 설득할 자신이 없으면서 어떻게 다른 사람에게 지지해 달라고 요구할 수 있겠나 싶었다. 그런데 막상 자신 있는 이유가 생각나지 않았다. 여러 가지 그럴듯한 말은 있지만, 성에 차지 않았다. 결국 그 답을 확실히 찾지 못한 채 선거를 치렀고 이제야 어렴풋이 대답을 찾게 되었다.

"참교육을 외치다 아이들 곁에서 강제로 해직되었다가 돌아가신 이순덕, 배주영, 신용길 등 해직 교사들의 꿈을 새로운 도시 세종시에서 꼭 실현해 보고 싶다."

"새로운 도시 세종시에서는 아이들을 하늘처럼 섬기는 학교를 꼭 실현해 보고 싶다."

"지금 대한민국 교육에 실망하고 교육에서 새로운 희망을 찾고 싶은 학부모님들과 힘을 합쳐, 새로 백지 상태에서 출발하는 세종시에서 제대로 참교육을 실현해 보고 싶다."

"학교의 지역사회화, 지역사회의 학교화를 이루어 교육을 통한 지역공동체 복원을 세종시에서 하고 싶다."

선거를 치르면서 수많은 주민들을 만나고 이야기하는 가운데 찾은 대답이다.

8월에 최종 출마 결심은 했으나 교육재단 준비 과정이 순조롭지 못해 11월 중순에야 장학회를 정리할 수 있었다. 10월 말 조치원으로 이사를 하고, 11월은 대전으로 출퇴근을 하며 선거 준비를 했다. 그런데 막상 시작하려고 보니 쉬운 일이 없었다. 상주에서 농사짓는 송 선생님이 와서 사무장 일을 맡기로 했고, 평소 안면이 있는 진보적 후배들의 도움을 받아 정책 준비는 할 수 있겠는데 선거 사무실에서 함께 일할 사람을 찾는 일이 가장 힘들었다. 심지어 차를 운전하며 동행할 사람조차 구하지 못한 채 11월이 다 지나가고 있었다. 11월 말까지 찾지 못하면 출마를 포기하자고 아내가 이야기할 지경이었다. 그런데 우연히 11월 말일 젊고 든든한 친구를 소개받았다. 조치원에서 태어나고 대학까지 조치원에서 다닌 활달한 성격의 젊은 친구였다. 우리는 그 친구를 선거 운동 기간 내내 보물이라고 불렀다. 대전에서 직장에 다니는 후배가 6개월간 휴직을 하고 선거를 도우러 왔고, 경남에서 일하던 다른 후배도 가방 하나 들고 달려와 주었다. 그럭저럭 최소한의 사무실 직원은 채운 셈이었다.

그러나 지역 출신이 없는 선거 캠프였다. 사실 처음 출마를 결심할 때는 지역에 내려오면 선거 캠프는 지역에서 번듯하게 꾸릴 것으로 기대했다.

결과적으로 수많은 지역 후배들이 선거운동 기간 내내 자기 일처럼 발 벗고 나서서 선거를 치렀지만, 그들이 이제는 40대를 훌쩍 넘은 생활인이 되어 있어 하던 일을 그만두고 선거를 치를 형편은 아니었다.

그러나 선거가 시작되자 우리 사무실에는 사람이 넘쳤다. 사람들의 정성이 넘쳤고 사랑과 우애가 넘쳤다. 어디서 준비하고 있다가 쏟아져 들어오는지 모를 참 아름다운 사람들로 날마다 북적거렸고 우리는 서로에 대한 열정과 정성 그리고 사랑을 확인하며 즐거웠다. 같은 시대 같은 꿈을 꾸고 있는 동지들이 있다는 것이 이렇게 기쁘고 아름다운 일이구나 날마다 확인하며 '우리는 날마다 이기는 싸움'을 할 수 있었다.

사실상 자기 사무실을 비워 두고 4개월 내내 선거 사무실에서 자원봉사 일을 하며 뛰어다닌 새로 만난 동생 최 회장, 지역에서 10년 동안 궂은 심부름을 다하며 대책위 활동을 통해 얻은 모든 인맥을 동원해 조직을 만들어 간 후배 홍 선생, 지역 인터넷 신문 운영을 포기하고 돕겠다고 나서 수행하다 노인복지 사업만큼은 포기하지 말라고 돌려보낸 귀한 사람 황 선생, 다시는 선거에 개입하지 않기로 하고 금강 환경 지킴이 일을 하다 달려와 부부가 함께 자원봉사를 해 준 임 선생, 그를 통해 새로 만난 참 아름다운 일꾼 홍사장과 김 집사, 처음부터 끝까지 구석구석을 찾아다니며 자기 삶을 담보로 나에 대한 지지를 호소해 준 황부회장, 선거 기간 내내 내 두 파트너였던 큰 태환 작은 태환, 약국을 우리 집처럼 편히 드나들며 이용할 수 있게 배려한 이 약사, 사무실의 얼굴로 환한 분위기를 이끈 안나 씨, 각자 구체적으로 득표할 목표를 정하고 서로 독려하며 함께해 준 연기군 민예총 식구들과 '아나요' 동지들, 진보 교육감 당선이 자기들 문제를 해결하는 길이라며 누구보다 열정적으로 움직인 학교 비정규직 동지들, 교사라서 드러내지 못하지만 할 수 있는 모든 일을 해낸 전교조의 후배 동지들, 단순한 운동원이 아니라 마음과 뜻을 함께하는 동지로 밝고 환하게 율동을 한 젊은 운동원 엄마 한 사람, 한 사람, 무엇보다 전국에서 마음과 정성과 뜻을 모아 준 수많은 벗들······ 일일이 이름을 다 말할 수 없이 많은 이들에게 신세를 졌다.

고맙다. 고맙다. 그저 고맙다는 말밖에 할 수가 없다.

선거는 나를 소개하는 벗들이 그동안 살아온 삶을 담보로 나를 지지해 달라고 호소하는 일이었다. 짧은 기간 나를 상대에게 알리고 지지를 부탁하기 어려우니 소개하는 친구를 믿고 나를 지지해 주면 일을 잘해서 갚겠다고 약속하는 과정이었다. 결국 스무 명 정도의 벗들만 알고 와서 치른 선거에서 얻은 모든 표는 바로 나를 소개한 벗들의 삶을 담보로 하여 얻은 빚이다. 그것이 참으로 두렵고 마음을 무겁게 한다. 어떻게 남은 기간 그 빚을 갚을 수 있을지 생각하면 막막하기까지 하다. 그들과 함께 가면서 깜냥껏 내 몫을 다하는 일밖에 무엇을 할 수 있을까? 막상 선거가 끝나고 지지해 준 분들에게 감사 인사를 다니며 점점 마음이 무거워지는 까닭이다.

마음이 무거운 이유가 또 있다. 최선을 다했으니 후회도 없고 아쉬움도 없다는 것은 나만 생각할 때 할 수 있는 소리였다. 우리나라 교육을 위해 반드시 필요한 일꾼인데 해직되어 자기 능력을 펴지 못하고 농사일을 하고 있는 송대헌 선생님에 대한 미안함이다. 그의 조언을 받아 교육철학을 피우고 싶었는데 일단 벽에 부딪쳤다. 정책을 가다듬고 실행 계획을 세우며 꿈에 부풀었던 우리 교육 동지들이 마음껏 혁신학교를 만들고 참교육을 실천할 기회를 늦추게 됐다.

일곱 번째 진보 교육감의 당선을 기대한 진보 교육감들에게 힘이 되어 드리지 못했다. 학교에서만큼은 비정규직의 차별이 없어져야 한다는 주장이 실현되어, 어머니의 마음으로 아이들 밥상을 준비하는 비정규직 조리사 선생님들이 소중하게 대접받는 당연한 일이 늦춰지게 됐다.

세종시에도 혁신학교가 실현되어 아이들이 행복하고 즐거운 학교, 경쟁보다 협력과 우애가 소중하다는 것을 배우는 학교를 보고 싶어 하는 학부모님들의 기대를 늦춰야 할지도 모른다. 새로운 도시 세종시에서부터 고등학교 무상교육이 실현되기를 소망한 주민들의 기대도 당장은 어렵게 됐다. 전의면 조경수협회와 함께 새로 짓는 학교에서 학교 조경의 모범을 만들어 보자는 계획도 늦춰야 할지 모른다.

선거 뒤 캠프 식구들과 함께 봉하마을 노무현 대통령 묘소에 참배하고 권 여사님께 인사드리러 다녀왔다. 대통령 묘소 앞에 서고 보니 처음으로 '꼭 이기고 왔어야 했구나' 하는 생각이 들었다. 그리고 죄송한 눈물을 처음 흘렸다. 그리고 계속 미안하고 죄송한 분들이 늘어난다. 어쩌나!

개표 결과가 나온 직후, 연말 대선 승리를 위해 새로 시작하자고 이야기했다. 우리들이 함께 확인한 희망을 중심으로 마음을 모으자고 이야기했다. 그냥 수고했다고, 고맙다고 이야기하고 말 것을 잘못했다 싶기도 하다. 어찌 책임질지 뚜렷한 계획도 없고 방법도 없다. 하지만 선거를 처음 치르는 후보와 사무장 그리고 운동원들이 가장 모범적이고 행복한 선거를 치르지 않았나? 새로운 삶의 터전에서 새롭게 만난 좋은 인연들과 함께 오늘 해야 할 일을 찾을 일이다. 그리고 함께 손잡고 달려가 보자. 결과에 구애받지 말고, 과정을 아름답게 만들어 가자. 사랑으로, 믿음으로, 정성스런 마음으로.

불안하지만 힘내야지, 이번 선거를 통해 내 주위에 얼마나 아름다운 벗들이 많이 있는지 확인하며 감사했던 기억을 늘 되살리면서!

오늘은 세종시 첫돌입니다

7월 1일, 오늘은 세종시의 첫돌이 되는 날이다. 그래서 오늘 다양한 기념행사가 열린다. 저녁에는 조치원 종합체육관에서 유명한 가수들이 나오는 축제 한마당도 열린다.

어제 열린 KBS 방송 프로그램 〈도전 골든 벨〉도 그중 하나로, 세종시 1주년을 기념하는 프로그램이었다. 개별 학교를 찾아가는 보통 때와는 달리 세종시에 있는 여러 고등학교 학생들 가운데 뽑힌 학생들을 한자리에 모아 진행했다. 녹화로 진행한 프로그램이라 '세종고 학생이 골든 벨을 울렸다.'는 것은 이미 오래전에 알려져 있었다. 그래서 방송을 볼 때 긴장이 좀 떨어졌지만 기쁜 마음, 축하하는 마음으로 봤다.

다시 한 번 골든 벨을 울린 김진욱 학생과 부모님 그리고 세종고 교직원과 동료 학생에게 모두 축하를 보낸다. 세종시에 전국의 우수한 영재들을 뽑는 국제고도 생기고, 전국에서 이사 온 첫마을에 있는 한솔고도 있는데,

옛 조치원고인 세종고 학생이 이룬 쾌거라 더 축하한다. 특히 김진욱 군이 조치원에서 태어나고 자란 학생이라 더욱 의미가 크고, 축하하는 마음도 더 즐겁다. 요즘 인문계 고등학교의 경우 명문대학 진학률을 높이기 위해 다른 지역 중학교의 우수 학생을 스카우트해서 기숙사를 제공하며 공부시키는 경우가 있다는 것은 널리 알려진 일이다. 세종 지역 고등학교에도 타 지역 중학교 출신의 우수 학생들이 몇 명씩은 있을 텐데, 이 지역에서 평범하게 진학한 학생이 큰일을 해냈으니 자랑스럽다. 김진욱 학생은 평소 일등을 하는 학생이기보다는 꾸준히 다양한 책을 읽어 상식이 풍부한 학생이라고 들었다. 국영수 중심의 성적보다 학생 개인이 선택한 공부를 잘하는 학생이란 얘기다.

이 방송을 보면서 전국에서 학생을 모집해서 진학 성적을 낼 수 있는 특수목적 고등학교를 우선하는 정책보다는 이 지역 학생들을 골고루 특성에 맞게 잘 가르치는 일이 먼저여야 한다는 것을 다시 깨달았다. 세종시 1주년을 맞아 세종시에서 골든 벨이 울린 것은 한없이 기쁜 일이지만 군이 전례도 없는, 여러 학교 학생을 모아 놓고 교육청이 주관한 것이 바람직한지에 대해서는 의문이다. 단위 학교에서 교직원·학부모·학생 등 교육공동체 식구가 한마음으로 즐기면서 진행하는 것이 더 좋았을 거라는 생각도 들었다.

많은 사람들은 '명품 도시 세종시'를 이야기한다. 교육이 바로 서야 명품 도시가 제대로 될 수 있다는 것은 누구나 알 것이다. 세종시의 첫돌을 세종 시민의 한 사람으로 이웃 시민들과 함께 자축한다. 아울러 학생과 선생님이 함께 행복하고 학부모님이 즐겁게 참여하는 세종 교육을 세종 시민 모두가 함께 꿈꾸고 실현해 나갈 수 있기 바란다.

최교진 함께 읽기

참 보기 좋아하셨더라

- 최교진 형 장로 취임을 축하하며

이인호

참스승 윤영규 선생님의 부음을 듣던 날
가장 먼저 떠오른 교진 형,
문익환 목사님 가시고
발 시렸을 형이
이제 등 뒤가 엄청 시리겠구나 싶었지요.

'스스로 원하신 수난'을 받으신 예수님도
할 수만 있다면 이 잔을 거두어 달라 하시던 순간을
미사 올리며 되새길 때마다
때로 형이 떠오르곤 했지요.
감옥살이도 한번 해 본 사람이 낫다며
우리들의 십자가를 대신 짐 지고,

해직됐던 동지들 다 교단에 돌아갈 때
누군가 남아야 한다면 내가 남겠다며
오히려 등 두드려 주던 형은,
홀로 묵묵히 영원의 길을 앞서 가며
얼마나 외롭고 지독하게 추웠을까요.

그러나 또한 그랬지요.
언제 어디서든 신명을 북돋우고
훗날의 승리에 대한 확신을 부채질해
숱한 동지들을 묶어세우고
그 한가운데 우뚝 서
물꼬를 트고
봉화를 올리는
춤추는 전사이지요.

언 땅에서 수액을 끌어올려
푸른 잎으로 벽을 넘는 담쟁이처럼
평등과 통일의 세상을 향해
낮게 포복해 가는 우리들의 행군에
"내가 너와 같았더니
너도 나와 같으리라"는

이순덕 선생님 묘비명이
깃발로 펄럭이네요.
거기 형이 아직도 앞서 가고 있고
부활하신 예수님이 참 보기 좋아하시네요.

우리 선생님을 빼앗아 가지 마세요

세도중 탄원서

최교진 선생님은 1998년 9월 우리 지역에 있는 세도중학교에 부임했습니다. 부임하면서부터 농촌 지역의 열악한 교육 환경에 있는 제자들을 위해 많은 노력을 기울였습니다. 1999년에는 학교에 '사랑의 우체국'을 개설하여 정이 메말라 가는 학생들이 서로 편지를 주고받게 함으로써 글짓기 교육, 인성교육은 물론 상담활동으로 이어지는 성과를 거두어 이런 사실이 KBS TV 7시 뉴스 시간에 소개되고 많은 라디오 방송과 신문, 잡지 등에도 보도되어 학생들에게 자신감을 심어 주고 지역민에게도 긍지를 줬습니다. 지금까지 '사랑의 우체국'은 세도중학교의 특색 사업으로 많은 교육적 효과를 거두고 있습니다.

또한 결손 가정의 문제 학생 지도에 남다른 관심을 가지고 1998년 11월과 1999년 7월에 가출한 학생들을 대천, 대전, 수원 등에까지 찾아가 상담을 통해 귀가하게 하는 등 외로운 학생을 위한 활동으로 학생들의 존경을 받고 학부모들로부터도 신뢰를 받았습니다.

2001년에는 장거리 출퇴근을 포기하고 직접 학교 앞으로 방을 얻어 이사를 하고, 부모들이 늦게까지 일터에서 일하거나 가난한 농촌 환경 탓에 학원에 가지 못하는 제자들을 위해 학교 급식실에 공부방을 개설하고 매일 밤 9시까지 자율학습을 할 수 있도록 하여 생활지도는 물론 학력 신장에도 많은 효과를 거두어 학부모와 지역 주민들이 고마워하고 있습니다. 이 공부방은 지금껏 계속되고 있으며, 이런 공로로 부여 교육장님의 표창도 받았습니다.

또한 오랜 기간의 해직으로 호봉이 낮아 본인의 생활이 어려운데도 졸업생 제자들을 위해 장학기금을 운영하여(세 명의 학생을 위해 매월 21만 원씩 적립하고 있음.) 가난한 환경의 제자들에게 희망을 주어 귀감이 되고 있습니다.

2001년과 금년 계속하여 3학년 담임을 자원하여 입시지도를 맡아 학생들과 함께 모범적으로 생활하고 있으며, 특히 금년에는 학생부장을 겸임하며 문제 학생 지도에 남다른 애정을 보여 단 한 건의 가출 사건도 없는 등 즐거운 학교 만들기에 앞장서고 있습니다.

그런데 지난 8월 14일 재판에서 2000년에 휴직하고 전교조 본부에 근무할 때 있었던 사건 때문에 실형(징역1년)을 선고 받아 또다시 교직을 떠날 위기에 처했다는 안타까운 소식을 들었습니다.

학교에 있을 때 잘못을 저지른 일이 아니어서 우리 학부모들은 그 사정을 잘 알 수는 없으나 그래서 더욱 안타까운 것도 사실입니다. 특히 학생들과 학부모들의 전격적 신뢰를 받는 선생님이 학기 중에 교단을 떠

날 경우 우리 아이들에게 끼칠 부정적인 영향이나 심리적 충격 또한 우려
됩니다.

  이에 세도중학교 운영위원들을 중심으로 학부모들이 연명으로 최교진
선생님이 교단에서 떠나지 않을 수 있도록 배려해 주실 것을 청원하오니
선처해 주시기 바랍니다.

2002년 9월

저 교장 못할 놈

탁동철

선생님을 내 마음에 깊이 새긴 건 2001년, 임길택 시인 시비를 세우는 날이었다. 강원도 정선 어느 골짜기에서 선생님은 동무인 임길택 시인의 시비를 어루만지며 붉어진 눈시울로 내게 말했다.

"저 교장 못할 놈."

그 짧은 순간의 기운이, 목소리와 눈빛이 천천히 처벅처벅 내게 다가와 눈에, 가슴에 새겨 박히는 것 같았다.

최교진의 입을 통해 나올 때만 무게를 지니는 말 '교장 못할 놈.' 이 말은 최교진이 자기 자신에게 하고 싶은 말이기도 했다. 교장도 뭐도 아닌, 그냥 아이들을 가르치는 선생으로 살고 싶었던 평생의 꿈, 그 소망을 자기 자신에게 그리고 나에게 읊조렸던 것이다.

그는 교실에서 아이들과 만나며 살아가는 삶을 꿈꾸었다. 하지만 시대는 그의 눈에 눈물을 가슴에 한을 심어 주었을 뿐, 꿈을 이루어 주지 못했다. 교사가 되려고 사범대학을 다녔지만 긴급조치 위반으로 제적되어 군대에 강제 징집되었고, 1980년에 복학되자마자 다시 5·18 계엄령 확대 조치로 잡혀가고, 최교진은 민주주의와 교육을 억압하는 전두환 노태우 정권에 고분고분할 수 없었고, 전두환 노태우는 정권에 저항하는 최교진을 선생 하도록 가만두지 않았던 것이다.

그가 선생을 한 것은 군대에서 제대한 1978년에 안면도 누동학원에서 중학교 진학을 못하는 아이들을 모아 가르친 것, 1981년에 선생으로 발령받아 중학교 선생을 몇 년 한 것, 그리고 그 뒤 몇 년을 더 보태서 9년뿐이었다. 학교 안에서 지냈던 9년 동안 그의 지도로 써 낸 학생의 글, 학생들과 함께 만든 문집, 학생들과 나누었던 고민들, 그 모든 것들이 후배들에게 감동이고 가르침이었다.

그는 학교 안에 있을 때도 아름다운 선생님이었지만, 학교 밖에 있는 동안에도 뜨거운 교육운동가이며 아름다운 선생님이었다. 이오덕 선생님과 함께 '전국교사협의회'를 세우고, 문익환 목사님을 도와 '통일맞이 칠천만 겨레모임' 집행위원장 일을 맡아 했으며 전교조 충남지부장, 대전참여연대 공동의장을 맡아 참교육 운동과 지역 시민운동을 이끌었다.

그는 바쁘다. 해직된 뒤로 교육의 틀을 크게 넓혀서 지역문화운동, 통일사랑방 같은 교육운동을 하느라 바쁘기도 하지만 그가 바쁜 까닭은 사람 때문이다. '세상엔 왜 이렇게 좋은 사람이 많냐.'는 게 그의 하소연이다. 한번 인연 맺은 사람과는 말이라도 한마디 더 나누어야 하고 술이라도 한잔 마셔야 하는 것이다. 그가 중학교 선생이던 시절에 밤공부에 지친 학생들에게 밥이라도 한 끼 먹이려고 했던 애틋한 사랑이, 사람에 대한 애정이 학교 밖에서도 고스란히 이어지고 있는 것이다.

세월이 흘러도 그는 여전히 시퍼런 청춘이요, 교육과 교실과 학교와 아이들을 놓은 적이 없는, 아이들의 선생님이고 우리들의 선생님이다. 나는 다른 사람한테는 제법 겸손할 때가 많지만 최교진 선생님한테는 겸손하지 않다. 내가 꽤 괜찮은 선생이라고, 오늘은 교실에서 아이들하고 동물 흉내 내기 시합하며 지냈다고 자랑을 해댄다.

"형, 우리 반에 수줍음을 많이 타는 그 아이가 동물원에서 고라니를 봤대. 그래서 내일은 고라니 흉내 내기로 했어. 고라니는 우리 밭에 와서 고구마 다 뜯어먹었으니까 내가 일등일 거야."

겉으로는 '얌마 술이나 먹어.' 이러겠지만 속으로는 '저 교장 못할 놈, 아이들 얘기만 하며 살 놈.' 하며 칭찬하실 거다.

짐을 내려놓지 않는 사람

이데레사

20년 전 부산일보 강당에서 처음 만났다.

대천여중 아이들이랑 지내던 이야기

그렇게 이해하기 힘들다는 사춘기 중학생 애들 마음 다독이며

시를 쓰게 하고 제 삶을 사랑하게 하는

한마디 한마디 토씨 하나하나

귀에 쏙쏙 들어와 박혔다.

강당에 모인 사람들 웃으면서 울었다.

충청도 보령 사람이라는데,

'아부지 돌 굴러가유우우우'

우스갯소리가

와르르르 무너지고

멍청도가 아닌 부드러우면서 힘찬 충청도가

내 가슴에 새로 새겨지던 날이었다.

내 선생 노릇도 새로 해야겠다며

내 눈에서 점점 빛이 나는 걸 느꼈다.

10년 뒤 이오덕 선생님 장례식에서 다시 만났다.

그동안 한 번도 이야기 나눈 적 없는데

어라, 어제 만난 사람처럼 이야기를 나누고 있다.

어색함 없는 이 느낌 뭐지?

선생 노릇 힘들다고, 애들이 예전 같지 않다고,

집안 큰오라버니 앞 막내여동생 같은 마음이 되어 버렸다.

아버지 같은 든든한 오라버니 믿고

따돌린 동무들과 다시 어울려 보려고

눈물 닦고 크게 한숨 쉬고 대문 밖을 나서는 마음으로

선생 노릇 똑똑히 하자 입술을 꼭 깨물었다.

이젠 '글과그림' 동인으로 자주 만난다.

'글과그림' 카페에 들어가면 홍길동이 따로 없다.

아침엔 서울에 있다 했는데 오후엔 부여에, 밤엔 또 대전 무슨 모임에

어휴 저 일을 지금 이 나이에 어떻게 맡는담?

다 짊어진다.

교육운동, 민주화 운동, 더불어 사는 운동…….

저 일을 어떻게 다 해?

대전 가는 길 배웅하려 부산역 광장 몇이 모여 있었다.

이미 취해 있는 노숙자 하나 다가오더니 끼어든다.

짧은 배웅 시간이 아쉬워 방해꾼 무시해도 된다 싶은데

들러붙을까 겁먹고 있는데

최교진 충청도 보령 이 양반

들고 있던 맥주 기꺼이 그에게 정성껏 따라 준다.

횡설수설하는 그이 말에 성심껏 대답도 한다.

처음에 화나 있던 그 사람 마음이 어떻게 풀렸는지

고분고분해지더니 인사까지 하고는 자기 자리로 돌아간다.

대전에서 노숙자 돌봄 일도 한다더니

아아아, 오만 일 그냥 이름만 대고 있지 않았다.

이게 내 짐이다 싶으면 내려놓지 않는 사람을 진짜로 만났다.

최교진, 이 양반 알게 된 내 복도 참 어지간하다.

내 친구 최교진은

이상석

#1

1980년대 중반이었다. YMCA교사협의회 선생들이 전국에서 모여 연수를 하는 자리였다. 거기 특별 프로그램으로 어느 중학교 한 학급 아이들이 나와서 마당극을 펼쳤다. 열여섯 풋풋한 소녀들이 나와서 할머니도 되고 할아버지도 되어 극을 하는데 아주 팔자로 한다. 거기 북채를 잡고 극을 이끄는 이가 있었으니 그가 최교진이었다. 아이들과 선생이 하나 되어 펼치는 질펀한 굿자리. 보던 선생들은 모두 눈물이 그렁그렁.

선생 노릇 잘해 보자고 모여 의논하던 선생들은 다른 이야기를 더 할 필요가 없었다. 반 아이들을 제 자식처럼 사랑해서 그예 '애비―자식'이 된 교실. 이것 위에 무엇이 더 필요한가. 공부는 저절로 즐겁고 생활은 복되었을 것.

그때 제자들 지금도 만나면서 식구로 지내는 최교진 선생은 천생 선생이다.

#2

연극만 했느냐. 아니다. 아이들은 자기 삶을 찬찬히 글로도 썼다. 그 글 모아 문집을 내었다. 그 문집 이름이 ≪우리≫다. 교사가 아이들과 함께 글을 쓰고, 그 글 모아 '가리방에 긁어서' (이때는 인쇄가 얼마나 어려운 시절이었나. 작은 홈이 빼곡한 철판 위에 기름종이를 얹고 그 위에 철필로 글을 쓰는 일을 우리는 이렇게 말했다) 등사를 하는 일은 그것만으로 예사 노동이 아니었다. 그런 문집을 거의 한 달 한 번씩 냈다

이런 문집 만들기는 최교진이 사범대 시절 야학 선생을 하면서부터 해내었던 일이다. 가난하고 어려운 아이들이 제 줏대 가지고 당당하게 살아갈 수 있도록 하는 힘. 그 힘을 주고 싶었단다, 최교진은.

'참교육의 아버지 이오덕' 선생님은 생전에 최교진의 문집을 보고 이렇게 말씀하셨다.

"온 나라에 알리고 싶은 ≪우리≫ – 학생들의 온갖 소리, 이야기를 다 들어주는 교사, 64명이나 되는 여학생들의 마음을 어떻게 다 알아주고 들어줄 수 있을까? 교육이란 참으로 어렵겠다는 생각을 새삼 하게 된다. 그러나 이 지도 교사는 학생들의 말에 가만히 귀를 기울이고 있다. 마치 온갖 냇물의 흐름을 죄다 받아들이는 바다같이!

이것이야말로 글쓰기 교육의 진수인 것이다. 자유롭게 마음을 털어놓고, 생각을 나누어 서로의 사이에 가로놓인 벽과 벽을 헐어서, 나 혼자만 사는 것이 아니라 모두가 함께 손잡고 '우리'로서 살아가도록 하는 것, 이런

자리를 만들어 주고 있는 것이 바로 《우리》다."

#3

그러면서도 최교진은 친구가 무지 많았다. 어머니가 돌아가시고 대전 충남대병원에서 장례를 치르는데 조문객이 전국에서 정말로 '구름처럼' 모여들었다. 그때 최교진의 나이 겨우 마흔 살. 장례 행렬이 고향 천뱅이로 들어설 때, 마을 분들이 깜짝 놀랐다고 한다. 일찍이 아버지 여의고 대처로 나가 공부한다고 고향 떠났던 아이가 전국 각지 동무들 산 가득 데리고 왔으니.

어떻게 해서 이리도 친구가 많은가? 최교진의 친화력은 실로 남다르다. 도대체 그 친화력은 어디서 나오는가? 30년 가까이 사귀어 온 나이지만 내 깜냥으로는 그 깊이를 알 수 없다. 다만 남다른 점 몇 가지를 들면 이렇다. 하나, 스스럼없다. 처음 만나든지 10년 만에 만나든지 마치 어제 만난 듯이 사람을 편하게 대한다. 둘, 모임에 처음 온 사람, 자주 와도 늘 바깥으로 도는 사람을 챙겨서 말을 붙인다.

그런데 요즈음 와서야 가장 중요한 사실을 알았다. 그것은 '정성'이다. 사람을 사귀는 데 온 정성을 다한다는 것이다. 최교진은 친구 아버지 기일까지 챙겨 인사를 전하거나 전화로라도 얘기를 나눈다. 정작 아들은 제 아비 기일이 이즈음 어디지…… 하고 있을 때 교진이가 먼저 전화를 하면 깜짝 놀라게 된다. 내가 직접 본 일이다. 남의 결혼기념일까지 알아서 축하 메시지를 보낼 정도면 그 정성을 가히 짐작할 만하다. 이게 교진이에겐 몸에 밴 일이다. 어쩌다가 이 친구의 수첩을 보고 혀를 내두르지 않을 수 없었다. 반듯한 글씨로 연간 일정표에 아무 날은 누구네 생일 아무 날은 무슨 기념일…… 따위가 빼곡히 적혀 있었다. 아! 나는 흉내 낼 수 없는 일이었다. 사람 앞에 두고 교언영색하는 것이 아니라, 그 사람이 외롭고 아플 때 먼저 다가가 말을 건네는 사람. 이 사람이 최교진이다.

#4
부산역 광장이었다. 헤어지기 아쉬워 벗들 몇이 광장 벤치에 앉아 맥주를 한 깡통씩 나누고 있었다. 노숙자 한 사람이 다가왔다. 나는 천 원짜리 한 장을 꺼냈다. 그런데 최교진은 그새 맥주 새 깡통을 따서 그와 건배를 한다. 담배까지 나누어 피우며. 슬슬 시비를 걸듯이 왔던 노숙자는 맥주 깡통을 들고 제자리로 돌아간다.

알고 보니 최교진이 다니던 교회에는 노숙자들이 많이 찾아오는 작은 교회였고, 최 장로는 이들을 모아 이야기도 나누고 일자리도 구하고 새 삶터를 꾸려 주는 일을 몇 년째 해 오고 있었다.

그래서 최 장로는 일요일 새벽엔 무슨 일이 있어도 교회에 나갔다. 교진이와 나는 한 해 서너 번은 밤을 밝히는 편집회의를 하는데, 그때마다 밤을 거의 새우게 된다. 동이 터 올 무렵 자리에 누울라치면 교진이는 주섬주섬 가방을 챙긴다. "왜 그래?" "응, 오늘은 일요일이잖아. 교회에 가 봐야 혀. 날 기다리는 사람들이 거기에도 많거든." 그는 이런 사람이다.

#5

〈넘버 투〉 영화를 기억하시는지? 거기 아주 정의롭고도 괴짜인 검사가 등장한다. 최민식이 연기했다. 그 검사의 입에 짝짝 올라붙는 '욕'하는 소리 기억나는가? 욕을 듣고 있으면 속이 시원하다. 나는 그래서 늘 주장한다. '잘하는 욕 한마디, 백 분 연설 안 부럽다.' 그 욕을 최교진이 더 잘한다.

술자리가 도도해지면 최교진의 입에서 욕이 슬슬 나오기 시작한다. 사람들은 배꼽을 잡는다. 그러다가 걸쭉하고도 힘이 팍팍 들어가는 '서울 000들' 노래가 터져 나오면 사람들은 허리를 꺾고 웃어대다 이윽고 눈물 질금거린다. 우스운 욕 속에 잘난 놈들 세상에 엿을 먹이는 그의 노래가 너무나 절실하기 때문이다.

#6

그에게는 두 딸이 있다. 큰딸은 서울대 의대를 나와 의사 일을 하고 있고, 작은딸은 음악을 전공하여 지금은 독일 에어푸르트 극장에서 성악 코치 일을 하고 있다. 우리는 그의 자식 농사를 은근히 부러워한다.

그에게 자식 농사의 비법을 물으면 웃으면서 하는 말, "방치!"

그래. '방치'가 얼마나 어려운 줄 자식 키워 본 사람은 안다. 아니 방치는 불가능하다고 생각한다. '완전한 믿음' '욕심을 비움' '말없는 솔선수범' '자유로움과 격려' '주인 된 삶' 이런 것들이 어우러져서 '방치'의 경지에 이르기는 보통 사람이 흉내 내기 어려운 일이다.

#7

"그러나 이 모든 최교진의 힘은 아내로부터 나온다."

이걸 고백하지 않을 수 없다. 그의 아내 김영숙은 대학 후배이기도 하다. 대학 때부터 둘은 눈이 아주 깊게 맞았나 보다. 결혼 후 이날까지 이 부부는 크고 작은 모임에 늘 한 몸처럼 붙어다닌다. 영화를 보러 가도 산에를 가도 여행을 가도 두 몸은 한 몸으로 붙어다닌다.

그리고 아내는 그의 든든한 후원자이자 일급 비서 노릇도 해 준다. 늘 차를 몰아 주고, 일정을 점검해 주고, 넥타이를 골라 주고, 술이 과하면 눈치 주고, 자기 퇴직금 몽땅 털어 남편이 하고자 하는 큰일에 자금 대 주고, 그러나 그 무엇보다 눈빛 깊은 사랑과 남편에 대한 굳은 믿음과 존경까지 보태어 주고 있으니 최교진은 그런 아내에게 어찌 감읍하지 않겠나. 그러면서 주장한다. 자기가 훨씬 더 아내를 사랑하노라고. 이러니 혼자 힘으론 어림없다 싶은 일도 최교진은 척척 해낸다. 알고 보면 보이지 않는 손이 그의 등을 받쳐 주고 있는 것이다.

기쁜 우리 젊은 날 그리고 최교진

강병철

1984년 10월 4일, 대천의 하늘은 무척이나 맑고 푸르렀다. 그날 하늘보다 더 맑은 너희들의 눈을 보면서 난 잠시나마 너희들 곁을 떠나야 한다는 서글픔보다 맑은 눈빛을 잃지 않으려는 너희들이 있는 한 우리의 내일이 결코 어둡지만은 않으리라는 자신을 얻을 수 있어 조금은 행복할 수 있었다.

　　－《내가 두고 떠나온 아이들에게》(1987년) 중 그의 글 〈너희들에게 거는 기대〉

해직 교사를 처음으로 만나다

1984년 11월 어느 날, 어둠이 골짜기부터 물들기 시작하더니 새파랗던 배추밭까지 시커멓게 덮어 버렸다. 그 즈음 동학사 근처에 있는 민박집으로 젊은이들이 하나씩 모여들기 시작했다. 그들은 긴장감과 기대가 뒤섞인 표정으로 무거운 가방끈을 단단히 잡고 있었다. 공주사대 졸업반 학생들과 무크지 《삶의 문학》 소속 교사들이 대면하는 자리인 것이다. 기본적인 역사의식의 논의조차 철저히 금기시되던 서슬 퍼런 5공화국 시절, 돌이켜 보면 그 자리가 우리 지역사회에서 최초로 민주 교육을 시도하던 모임이 아니었나 싶다. 진지한 분위기와 뜻을 함께하는 사람끼리 만났다는 안도감만으로도 전율이 흘렀다. 함께 모인 그들은 비탈길을 택했고, 이후 20년이 지난 지금까지 '참교육과 고뇌의 도정'을 걷게 된다.

　나는 거기서 최초로 해직 교사 한 명을 만나게 된다. 그는 여름방학 때 탄광촌에서 중학생들을 이끌고 봉사활동을 한 것이 소위 '의식화 활동'으로 지목되어 학교에서 쫓겨났다고 했다. 당연히 모든 시선이 그에게 집중되었다. 목소리는 여린 듯하면서 힘이 있었고 깜빡거리는 형광등 아래 반짝이는 눈동자에선 지혜가 철철 넘치고 있었다. 알고 보니 그가 바로 ≪삶의 문학≫에서 이미 지면으로 눈에 익은 최교진 선배였다. 그해 5월 대전 가톨릭농민회관에서 ≪삶의 문학 6집≫의 농민문학 특집인 ≪옹매듭두풀구유≫의 출판기념회장에서 웬 깡마른 사내가 각설이타령을 부르던 모습이 오버랩되었다. 그가 강변할 때마다 늦가을 감나무 잎사귀가 수제비처럼 뚝뚝 떨어졌고, 가슴에 산맥을 품은 젊은 교사들은 저마다 벽에 비친 서로의 그림자를 보며 놀라고 있는 중이었다.

　며칠 전 직원회의 시간에 교감선생님의 경고사항인 '드디어 충청도에도 의식화 교사가 나타났다'는 그 화제의 주인공인 것이다. 신비함이 앞섰고 나 역시 무게중심이 흔들리고 있었다. 그러면서도 펼쳐진 상황들이 왠지 먼 풍경처럼 아득했다. 다른 사람들은 최 선생님의 거취를 논의하고 있었지만 나는 그때까지 그런 일은 특별한 사람에게만 일어나는 일인 줄 알았다. 다만 그런 사람을 가까이 만났다는 사실이 신선했고 보이지 않던 무엇이 새롭게 뚫리는 것 같기도 했다. 그랬다. 그와의 만남이 관념과 현실을 교차시키며 어깨를 짓누르는 순간이었다.

> 담장 가까이 붙어
> 귀 기울이고 들어보았어 스며드는 소리
> 댕댕이 덩쿨은 바싹 붙어 바둥거리고
> 하늘, 그 너머로
> 사층 교실에선 지시봉 잡은 선생님
> 가을나무 흔들리는 사이사이로
> 아이들 깔깔 소리 조금씩 후벼파는데
> 눈뜨고 웃으세요 소리 한번 들릴 법한데
> 내가 아니었구나 칠판 앞에 서 있는 건
> 내가 아니었구나 이제 와 보니
>
> — 나의 시 〈해직일기〉에서

나는 작가를 꿈꾸는 낭만파 문학청년이었다. 술병과 책이 널브러진 방바닥에 원고지 파지를 집어던지며 배 속이 출출하면 시장 골목 술집을 어슬렁거리는 낭만주의자였다. 만화책 보듯 책을 읽고 장발에 슬리퍼짝을 질질 끌고 캠퍼스를 누볐다. 그런데 대학 졸업 후 교사가 되면서 아이들을 만나는 것이 뜻밖으로 행복함을 알았다. 새로운 세상을 만난 것이다. 아이들의 쨍그랑쨍그랑 터지는 웃음소리가 날마다 가슴을 설레게 했다. 고아원과 양로원을 다녔고 편집실 아이들에게 짜장면을 먹이면서 글공부를 시켰다. 그러면서 음흉한 욕심 하나 키웠다. 착하게 살면서 훌륭한 문학 작품 하나 건지겠다는 욕망이다. 세상에의 각인과 동시에 언젠가 더 유명해져서 TV에 나올 날을 기다리는 복합적 가치관으로 글을 썼다. 그런데 어느 날 실제로 내 이름이 TV에 등장할 줄은 꿈에도 몰랐다.

브라운관에 터친 색깔은 빨간색이었다. '민중교육 당신의 자녀를 노리고 있다.'라는 타이틀로 이름자 밑에 붉은 글씨로 죽죽 그어지면서 고요한 소도시 고등학교가 발칵 뒤집혔고, 나는 그렇게 해직 교사가 되었다.

그해 여름 17명의 교사와 함께 학교를 쫓겨나면서 온 나라가 부글부글 끓었다. 유상덕, 김진경, 윤재철 선생님 등 세 명은 국가보안법으로 구속되고 충남에서도 조재도, 송대헌, 전인순, 황재학, 전무용, 유도혁 선생님 등과 함께 우르르 담장 바깥으로 나와야 했다. 시국의 소용돌이 한복판에 내가 서 있다는 사실이 기가 막혔다. 엄청난 철퇴에 나는 어리벙벙하고 더러는 향후 대책에 골몰하는데 그 자리에 최교진 선배가 나타났다. 그는 '짠' 하고 나무 위에서 뛰어내리거나 '쿵' 하고 지붕 위로 솟구치지 않았다. 슬그머니 나타나서 어깨를 감싸더니 파안의 미소를 지었다. 그때부터 나는 최 선배의 술친구가 된다.

어쩌면 충청지역에서 해직 교사의 고독한 행군 중 동지들을 만나서 내심 반가웠을지도 모른다. 따뜻한 구들장의 행복이 깨진 대신 그릇된 세상을 바로잡는 모난 돌이 되기로 마음먹었다. 아무튼 긴장된 나날에 그는 만날 때마다 환한 웃음을 보내 주었고 그래서 나는 만날 때마다 자꾸 그와 가까워졌다. 그는 눈빛이 맑았고 '사람 만나는 것'을 좋아했다. 나를 찾아온 '두고 떠나온 아이들'에게 선배를 소개시키고 이야기를 듣는 교단 밖 수업을 즐거워했다. 그를 본 사람들은 대개 어느 착한 눈빛의 사내로 오래도록 기억했다고 했다.

민교협 사무실

민교협 사무실을 차렸다. 쫓겨난 선생님들끼리 빈들교회 지하실에 책상을 들여놓고 전화기와 타자기를 올려놓았다. 사무실은 습기가 차고 공기가 탁했지만 그 음습한 지하 공간이 우리들의 보금자리였다. 당초망 같은 조재도와 일꾼 송대헌이 주로 상근했고 전인순은 길 건너 맞은편 남녘출판사 편집장으로 일했다. 그 속에서 책을 읽고 유인물을 만들고 사람들을 만났다. 배고프고 추웠지만 자존심과 깡다구로 버텼다.

그 와중에 최교진 선배는 대전의 제법 나가는 학원 강사를 하면서 월급봉투를 통째로 털어 사무실 유지 비용을 냈고, 공주사대를 졸업한 미발령 교사를 간사로 채용하였다. (그녀가 현재 내 아내 박명순 선생이다. 결혼식 때는 최 선배가 사회도 보았다.) 선배는 유치장을 옆에 두고 살면서 이웃집 밤마실 가듯 들락거렸다. 끌려갔다 다시 돌아와 민중들의 억압된 삶을 토로하며 술을 마셨다. 대학생이 된 제자들과 현장 교사들이 찾아와 책을 고르거나 유인물을 가져가기도 했고 1987년 6월 항쟁 때는 벽보를 만들어 이 골목 저 골목 붙이고 다녔다. 우리들은 그저 앞만 보고 달렸다.

1987년 대통령 선거 열기가 막바지로 치솟던 12월 어느 날, 그 겨울에 우리 민교협 식구들은 집권당 후보 운동원들에게 몰매를 맞았다. 소소한 사건이 커지면서 우리 사무실로 그들이 떼거지로 난입한 것이다. 그들은 젊고 어깨가 넓고 숫자가 훨씬 많았다. 우리들은 두 주먹 불끈 쥐고 구호만 외칠 줄 알았지 그 주먹으로 아구통 갈기는 것을 배우지 못했다. 각목에 맞은 책상이 찌그러졌고 시뻘건 난로 뚜껑이 비행접시처럼 어른거렸다. 당시 D일보에는 해직 교사들과 집권당 후보와의 난투극으로 보도되었지만 그건 엉터리 보도이다. 우리들은 진짜 단 한 대도 때리지 못했다. 소식을 듣고 뒤늦게 목발을 짚고 쫓아온 최교진 선배는(그때 형은 서대문 구치소에 수감되었다가 목발을 짚은 채 석방된 직후이다.) 그 목발을 빼앗긴 채 얻어맞았다.

그 밤 우리들은 국밥집에 우울히 모여 앉았다. 신문기사를 보면서 해직 교사 송대헌은 어이없는 표정으로, "내가 때렸지. 내 이마로 그 사람들의 각목을 때렸고 내 배로 그들의 구두밑창을 때렸어." 하며 실소했다. 최교진 형은, "나이를 먹을수록 싸움을 잘했으면 좋겠다." 헛헛헛 웃으며 소주잔을 들이켰다. 달빛만 저 혼자 휑했다.

하늘로 보낸 사람들

나는 2년 전 숨졌으나 차마 눈을 감지 못하고 우리 등을 밀어 주고 있는 이순덕 선생님을 기억하면서 내일도 또 내일도 부끄러움의 무게를 줄이면서 나를 필요로 하는 곳이라면 어디론가 달려가 아이들과 함께 자주 교육 · 민주 교육 · 통일 교육을 이루어 내야겠다는 다짐을 하루에도 몇 번씩 곱씹는다.

"이순덕 선생님! 아니, 순덕아. 내가 잠시라도 게을러지려 하거든 불칼로 나를 내려쳐라"

　　－ ≪참교육의 함성으로≫(1989년) 중 그의 글 〈다시 아이들 곁에서〉에서

이순덕 선생님이 저세상으로 떠났다. 학교를 쫓겨난 후 나를 보면 비실비실 피하는 사람들이 생기기 시작했다. 이미 아파트 수위실과 단골 구멍가게에서 출입을 점검하는 요주의 인물이 되었기 때문이다. 아는 얼굴이라 반가이 뛰어가면 난감한 표정으로 주변을 두리번거리는 사람도 있었다. 사람들은 술은 사 주더라도 돈을 주지는 않았다. 나는 그들의 술값 대신 현찰을 받아 유인물을 만들고 싶었으나 차마 "돈으로 줘." 그 말이 터지질 않았다.

참으로 다양한 인간들의 체화된 모습을 확인하는 나날들이었다. 그런가 하면 스스로 찾아와 술을 사 주고 기운 내라고 주먹을 쥐어 보이던 선생님들도 있었다. 그중의 한 분이 이순덕 선생님이다. 가슴이 뻥 뚫렸다. 그런데 어느 날 그 선생님도 학교에서 쫓겨났다. 1986년 교육민주화 선언 때문이었는데 '의식화 교육' 운운하면서 내용이 부풀려 있었다. 나는 선생님의 인상이 당차게 보여서 힘차게 싸울 수 있을 거라 믿었다. 그러나 운명은 우리들의 손을 들어 주지 않았다. 함께 민교협 사무실에서 일을 하게 될까 생각했는데 느닷없는 병마가 그녀의 목을 누른 것이다.

서서히 투병 이야기가 들렸다. 그 즈음 나는 동아일보 임시직으로 일하면서 또 다른 일상에 바빴고 최교진 선배는 날마다 이순덕 선생님 병문안을 다녀오곤 했다. 그러던 어느 투병의 막바지에 나도 찾아갔다. 조마조마한 마음으로 문을 열었는데 선생님은 보이지 않고 어떤 할머니만 이부자

리 위에 힘들게 앉아 있었다. 알고 보니 그 할머니가 바로 이순덕 선생님이었다. 몸무게와 머리카락이 모두 절반 이상 빠진 것이다. 저물녘 대전 중앙통 막걸리집에서 나는 먼동이 틀 때까지 술을 마셨고 그는 나를 달랬다. 절망적 상황에서도 그는 늘 낙관적으로 어깨를 두드린다. "괜찮아, 낫게 될 거야. 하느님이 우리 편을 들어줄 거야."라며 내 어깨를 두드렸다. 그러나 그녀는 세상을 떠났다. 그때까지 하느님은 우리들의 손을 들어 주지 않았다.

사랑하는 벗 정영상도 하늘로 떠났다. 그는 또 얼마나 향기 있는 시인이며 천성적인 교사였던가. 아이들을 사랑했던 선생님들이 대부분 그러했듯 그도 1989년 전교조 해직 교사로 학교에서 쫓겨났다. 사랑했던 만큼 그리움도 컸다. 초등학교 담벼락에서 노랗고 파란 새싹으로 뛰고 달리는 아이들을 훔쳐보면서 혼자 눈시울을 훔치곤 했다. 안동 복자여중의 '체육수업을 마친 후 떨어지는 수돗물 소리'가 '소백산맥 너머 그의 집 충북 단양의 아파트까지 떨어지는' 환청에 시달린다. 그런 면에서 정영상과 최교진은 딱 떨어지는 단짝이다. 정의감이 넘치고 결벽적인 동시에 돌발성을 지닌 천성적인 낭만주의자이기도 하다. 밤새워 술을 마시다 쓰러지면 그는 신새벽부터 홀쩍 어디론가 떠나 버렸다. 며칠 후 그로부터 무당벌레 그려진 나뭇잎 같은 엽서가 날아오기도 했다. '열지 못한 가슴'을 깨알 같은 글씨로 보여 주어서 사람들의 빈 가슴을 채워 주었다. 그가 해직 교사 학교 방문 후 돌연 심장마비로 세상을 떠나 나를 절망시켰다.

선배의 벗 오원진 형도 떠났다. 그가 누구인가. 70년대 충남대 민주화운동의 시금석이 아닌가. 이 '키 작은 사내'가 모진 고문을 겪으면서 3공화국, 5공화국의 어두운 터널을 버티는가 싶었다. 그는 평소 민주화된 세상이 되면 정치를 하겠다고 말했으나 역시 불행한 시대와 혼신으로 맞서다가 한 많은 세상을 떠났다.

남광균 선생도 마찬가지이다. 80년대 산업체 부설학교에서 음악을 가르치던 해직 교사였던 그는 임꺽정처럼 큰 체격에 걸걸한 성격의 소유자이다. 나는 그의 영결식장 초상화 앞에서 나팔을 불던 옛 밴드부 동료들의 모습을 잊을 수 없다. '세상에서 가장 슬픈 소리가 뭐냐고 묻는다면 나는 아마 '영결식장에서 듣던 트럼펫 소리'라고 말할 것이다.

민청학련 출신 비운의 정치인 강구철 선배도 하늘로 보냈다. 그는 또 누구인가. 그가 민청학련 투옥자의 이름으로 우리들 앞에 섰을 때 그 잘생긴 청년은 우리들의 영웅이었다. 그도 모진 세상을 고난 속에서 뜻을 이루지 못하고 거품으로 떠났다.

아아, 교단을 포기하고 변혁의 대열에 선 그의 여동생 최연진 선생님의 죽음에 대한 이야기는 너무 가슴이 아파 말하고 싶지 않다.

그와 나는 격동의 시대를 보내면서 참으로 많은 사람을 저세상으로 보냈다. 바르게 사는 만큼 가슴앓이가 심했고 건강을 챙기지 못했으므로 아프게 떠났다. 벗들이 펑펑 눈물만 흘릴 때 최교진 선배는 추모 행사를 주관했고 나는 추모시를 썼다. 그래서인가. 나는 하느님이 우리들에게 주는 시련이 너무 가혹하다고 생각한다. 내가 사랑하는 사람들은 대개 저 파란 자유의 하늘로 먼저 떠났다.

남아 있는 우리들은 책을 읽고 유인물을 만들고 저물녘이면 포장마차를 찾았다. 술값은 대개 최교진 형이 냈으므로 그의 주머니가 비어 있으면 우리들은 참으로 난감했다. 그날 포장마차에서도 그랬다. 우리들은 포장집 아저씨에게 닭똥집 반 접시를 시키고 몇 토막으로 잘라내면서 그야말로 아끼고 아껴 가며 소주 세 병을 비웠다. 이제 그의 돈도 바닥이 났다. 나는 몰래 주머니를 뒤지며 동전의 감촉을 확인한다. 매끄러운 것은 십 원짜리이고 까끌까끌한 것은 백 원짜리이다. 집까지 걸어갈 결심을 하며 돈을 털어낸다. 언젠가 복직되면 닭똥집이나 한번 원 없이 먹어 보자고 매달리다가 나는 문득 그에게 묻는다.

"형, 만약에 형이 게을러져서 구천의 이순덕 선생님이 진짜 불칼로 목을 치면 어떻게 할 거야?"

"고스란히 받아야지."

시국처럼 추운 겨울날. 가슴으로 후끈한 열기가 솟구쳤다.

연극쟁이 최교진

그런데도 이런 학교 생활극 한번 하는데도 자꾸만 눈치가 보이고, 움츠러드는 것은 왜일까. 떳떳이 공연장소 하나 제대로 허락받을 수 없음은 왜일까. 아이들의 솔직하고 날카로운 발언을 좀 더 부드럽게 고치고 싶어지고, 예고 없이 쏟아지는 단발마처럼 처절한 아이들의 외침에 양심이 찔리는 것보다 가슴이 먼저 덜컥거림은 왜일까. 연극에 참여한 아이들이 담임 선생님 앞에 죄인처럼 고개 숙이고 눈치를 살피며 들어가야 했던 까닭은 어디 있는 것일까. 모든 것들이 나의 나약한 소심증과 신경과민 탓이었으면 좋겠다.

그는 천성적 선생님이다. 만약 그의 운명에 파란이 없었다면 － 도시락 하나 달랑 매달고 가다가 논두렁 어디쯤에서 청년이 된 제자들을 만나면 자전거 받친 채 막걸리 한 사발에 거나하게 취했을 그런 사내다. 그러면서 일 년에 몇 번씩 생활극을 띄웠을 것이다. 아이들이 직접 쓴 원고를 펼치고 곱은 손 불면서 연습하다가 라면을 끓여 먹으며 킬킬 대었을 것이다. 언덕바지 어디쯤 들꽃으로 뿌리내리며 사람들의 가슴에 소용돌이를 일으키는 극작가 선생님이 되었을지도 모른다. 그와의 첫 대면에서 나는 광대의 이미지를 떠올리곤 했다. 아마 아픈 시대를 만나지 않았더라면 그는 아마 늙은 평교사가 되어 아이들 앞에서 옛날이야기 실감나게 해 주는 할아버지 선생님으로 늙었을지도 모른다.

대학 시절부터 그랬다 한다. 박정희 정권 시절, 대본조차 금기시되었던 김지하의 〈금관의 예수〉를 공연하고 무기정학 처벌을 받았다. 그해 5월 문학의 밤 행사에 참여한 후 시국 상황을 묘사한 시를 낭송한 후 박정희 대통령 사진을 가리키며 "나는 국기에 대한 경례를 할 수 있으나 독재자에 대한 경의는 표할 수 없다"고 선언하여 국가원수 모독 혐의로 체포되어 구류 29일을 받고 제적된다. 그리고 공주경찰서에서 풀려난 지 4일 만에 군입대된다. 그리고 1978년 서산시 안면도 누동리에 있던 재건학교 누동학원에서 학교신문을 발간하고 졸업공연으로 〈만선〉을 공연했으니 역시 타고난 광대이다.

그는 이따금 노래를 불렀다. 미발령 교사 임병조가 기타를 치면 최교진 선배는 상기된 얼굴로 '새' '노래' '서울 하늘' '못생긴 내 얼굴' 등을 부르곤 했다. 그는 음치였다. 시인 윤중호나 해직 교사 황재학 같은 가객들의 노래를 옷깃을 감싸고 듣다가 거나하게 취하면 후배들의 뒤통수를 치며, 내 노래가 진수라며 더 크게 불렀다.

화장실에서 울었던 이유는

또 하나의 그림은 1989년 여름이다. 공주사대에서 열린 불법 집단 전교조 충남지부 발대식에서 교사들은 장엄한 표정으로 전교조 깃발을 바라보았다. 수천 명의 경찰로 지방대학 캠퍼스가 뺑뺑 둘러싸여 있고 젊은 교사들은 방어망을 뚫고 왔다는 기쁨으로 반가움을 확인하며 (캠퍼스에 진입하기 위해 온 산을 뺑뺑 돌았다) '참교육의 함성'을 노래 불렀다. 마이크를 잡고 구호를 외치는 선배의 모습은 절규 그 자체였다. 그리고 담장 바깥으로 빠져나가지 못한 선생님들이 대부분 경찰서에 연행되었을 때 그는 시간을 벌기 위하여 대학생들의 호위를 받으며 간신히 빠져나갔다.

그날 밤 누가 아파트 초인종을 눌렀다. 대학 담장을 넘은 그가 우리 집으로 찾아온 것이다. 그 급박한 상황에서도 여전히 생글생글 미소를 보여주어서 뜨악하게 만들었다. 내일 연행되기 전에 일단 숨을 돌려 보려는 것이다. 새 양말로 내주었다. 그런데 양말을 갈아 신는 그의 모습이 형광등에 비치는 짧은 순간 쓸쓸한 눈빛이 가슴을 치는 것이다. 밥상을 차려 주었다. 그 와중에도 생선 한 마리에 푸성귀투성이의 반찬이라 마음에 걸렸다. 밥알이 톱밥처럼 씹히는지 빡빡해 보였다. 보리차를 따랐다. 그런데 하필 주전자의 보리알이 밥그릇 속으로 우수수 빠져나왔다. 오줌을 누면서 눈물을 흘린 것은 순전히 밥그릇에 빠진 보리알 때문이다. 팅팅 부풀은 채 물속에 잠긴 보리알이 너무 불쌍했다. 이튿날 등굣길 그는 체포되어 또 끌려갔다.

> 시대의 아픔, 그 사내의 짐
> 그나저나 토끼 같은 자식들 다 놔두고
> 거기 뭐 좋다고 계신다요.
> 어머님은 지병인 심장병이 다시 도져서
> 엊저녁엔 한잠 못 주무셨대요
> 이 한반도에 잠 못 드는 어머님이 형네뿐이겠냐마는
> 그렇게 눈 맑고 착한 형이, 형수님이,
> 어머님이 울어야 된다는 건 말이 안돼요.
>   – ≪삶의 문학≫ 8집(1988년) 중 김흥수의 글 〈최교진에게〉에서

그의 삶은 언제부터 파란이 시작되었는가. 대학 2학년 때인 74년 유신 반대 점검 농성 후 정학 처벌을 받으면서 그의 징계와 투옥 생활이 시작된다. 정학과 구류 제적과 군 입대까지 그의 고단한 삶을 적나라하게 보여주려는 듯 가는 곳마다 소문이 무성하게 터져 나왔다. 이듬해 1980년은 또 어떠한가. 공주사대 복학 후 후배들과 함께 '80년의 봄'을 주도한 혐의로 5

월 26일 체포되어 보안사에 있던 합동수사단에서 3주간 고문 속에서 조사 받고 헌병대 유치장을 거쳐 조치원 32사단에서 4주간 삼청교육대 순화교육을 받는다. 이듬해 1981년 공주사대 '금강회 사건' 때는 막내 여동생 최연진이 구속되고 배후 조종 혐의로 조사 받으니 그게 가시밭길의 전초전이다.

학교에 발령 받은 후 1984년 보령군 미산면 성주리에서 YMCA여름학교를 열고 봉사활동을 했으나 '초등학생을 상대로 한 의식화 사건'으로 매도되어 9월 28일 해직된다. 내가 그를 만났던 1985년에는 이미 구류와 연금이 일상화된 상태였다. 가장 가슴 아팠던 적은 1987년 겨울 충남민청 비대위원장직을 맡아 '해직 교사 복직을 위한 가두행진'을 하다가 서대문 교도소에 수감되었을 때이다. 도대체 끝이 보이지 않았다. 나는 그가 출감하는 날을 맞춰 후배 허정 교수에게 부탁하여 서울에서 대전까지 승용차로 데려온 적이 있다. 그는 오는 길로 곧장 가톨릭 농민회관의 교사협의회 집회에 합류했다. 구속과 해직이 그의 운명일까. 그는 또 1989년 전국교직원노동조합 충남지부 결성식을 주도하여 파면, 구속됨으로써 학교에서 두 번째 해직을 당한다.

1998년 부여 세도중학교에 복직하여 이제 바야흐로 아이들과 행복한 생활을 시작할 줄 알았다. '사랑의 우체통'을 만들기도 하면서 여전히 자신의 건재함을 과시하는 듯했다. 그러나 2000년 통일사업 및 단체교섭 부위원장으로 일하던 중 2002년 12월 징역1년 집행유예 2년을 선고받고 2003년 1월 15일자로 직위해제되어 세 번째로 교단을 떠난다. 아, 지난하다. 최교진의 삶이여.

부끄러운 고백이지만, 나는 광주를 모른 채 군복무를 했다. 내가 광주를 알았을 때는 이미 한 차례의 폭풍이 지나고 난 후 다시 '깨어 있는 사람들'이 어둠을 뚫고자 혼신으로 몸부림칠 즈음이었다. 교사가 되어서야 비로소 스크럼 속에 머리를 디밀었다. 《민중교육》지 해직 교사가 된 후 세상이 완전히 다르게 보였고 6월 항쟁 때는 학교에서 쫓겨날 때보다 훨씬 더 많이 울었다. 그리고 1987년 양 김씨의 후보 단일화 실패를 보면서 배신의 서글픔을 느끼기도 했다. (아, 그때 우리들은 정말 태양처럼 젊었다.)

세월이 흘렀고 우리들의 머리카락으로 어느새 흰 눈이 내리고 이빨 틈새로 생선가시가 들락거린다. 그때 중·고등학생이었던 제자들은 대개 30대 중반의 아저씨 아줌마가 되었는데 스무 해가 지나도록 나는 아직도 똑같이 칠판 앞에서 지시봉을 두드린다. 최교진 선배 역시 나처럼 평교사의 길을 원했지만 요소요소에 만만찮은 돌부리에 걸려 샛길에 서야 했다. 그는 지금도 골목길 찾아 최선을 다해 살고 있지만 나는 차선을 다해 사는 것도 벅차다. 그는 지금도 어두운 골목길 찾아 씨앗 뿌리지만 지천명을 앞둔 나는 비로소 세상의 유토피아가 단박에 해결되지 않음을 안다. '시대의 아픔이 교사의 기쁨'이 되기엔 우리들의 사연이 너무 아프다. 그러거나 말거나 그는 비탈길에서 씨앗만 뿌리는 것이다.

굴참나무 같은 사람이 꿈꾸는
사랑이 뛰노는 학교

도종환 시인, 국회의원

1980년대 중반부터 교육운동을 같이 해 온 최교진 선생님과 나의 삶에는 공통분모가 많다. 그러나 그는 격류였고 나는 그냥 굽이 많은 물줄기였다. 최 선생은 나보다 먼저 민주화운동을 시작했고, 나보다 더 많이 유치장을 들락거렸으며, 나는 한 번 해직되었지만, 그는 세 번 해직되었다. 그는 불굴이었다. 나는 들판의 풀처럼 여리지만 그는 굴참나무처럼 우뚝하였다. 내가 빈 벌판처럼 쓸쓸해할 때도 그는 산맥처럼 거침이 없었다. 내가 물처럼 흐르면 그는 불처럼 뜨거웠고, 내가 흙 같을 때 그는 쇠처럼 단단했다. 그는 폭이 넓고 품이 큰 사람이다. 친화력이 좋고 따르는 사람이 많으며 주위에는 늘 사람이 모인다. 수많은 좌절과 시련과 실패가 있었지만 그것들은 그의 낙관주의를 무너뜨리지 못했다. 함께 계획하고 실천하고 책임지는 일에 주저함이 없고 비겁함이 없는 사람이다.

끊임없이 최교진을 최교진이게 하는 역동성은 어디서 오는 걸까. 나는 내가 갖지 못한 그의 장점이 부러울 때가 많다. 이런 장점이 시민들에게 받아들여지고 교육계에서 또는 지역에서 크게 쓰일 날이 반드시 있으리라 믿는다.

"하늘이 한 사람에게 큰 임무를 내리려 할 때는 미리 그 마음과 의지를 고통스럽게 하고, 그 근육과 뼈를 수고롭게 한다."고 맹자는 말한 바 있다. 충분히 고통스럽고 넘치도록 수고스러웠으니 큰 임무를 내릴 때가 곧 다가오리라.

안도현 시인, 우석대 교수

우리나라 사람들한테 교육문제에 대해 이야기해 보라면 누구나 한마디씩 거들면서 입을 뗀다. 하지만 교육이 어떻게 바뀌어야 하는지를 물으면 별 뾰족한 수가 없다며 금세 입을 닫아 버린다. 그만큼 교육문제는 복잡하고, 실타래처럼 꼬일 대로 꼬여 있는 게 사실이다. 또한 새로운 변화를 받아들이기 어려운 곳이 교육계라는 인식이 널리 퍼져 있기도 하다.

최교진 선생님은 희망이 보이지 않는 교육 현장에서 일찍부터 희망의 실마리를 찾기 위해 고군분투해 온 분이다. 그는 교실에서 아이들과 눈높이를 맞추려고 애쓴 착하고 의욕이 넘치는 교사였고, 해직 시절에는 전국 곳곳의 교육 현장을 찾아다니며 참교육의 대안을 모색하던 활동가였다.

최교진 선생님은 교육계에서 마당발로 통한다. 그의 타고난 훈훈한 품성과 식을 줄 모르는 열정이 그를 그렇게 만들었을 것이다. 무엇보다 그는 민주주의에 대한 신념을 바탕으로 우리의 공동체를 점진적으로 변화시켜야 한다는 열망이 강한 분이다. 그런 점에서 나는 최교진 선생님을 따뜻하고 실천적인 교육개혁주의자로 부르고 싶다.

최은숙 시인, 국어 교사

최교진 선생님이 대천여중에 첫 발령을 받으셨을 때 나는 중학생이었다. 당연히 선생님을 몰랐다. 선생님이 교단에서 쫓겨났다는 1984년에는 재수생이었고, 《민중교육》지 사건이 있던 1985년에는 아무것도 모르는 대학 신입생이었다. 집회 및 시위에 관한 법률 위반으로 구속되어 서대문 교도소에 계셨다는 1987년, 6월 항쟁이 있던 그해에 나는 휴학을 하고 시골집에 내려가 빈둥거리고 있었다. 같은 시간을 참 다르게 살았다.

그런데 참 이상한 일이다. 시간과 공간을 공유하지 못했음에도 첫걸음을 같이 뗀 사람처럼, 선생님과 같은 길을 걸어왔다는 착각을 하게 된다. 해직 10년 만에 부여 세도중학교로 복직한 선생님은 신규 교사처럼 설레고 행복해하셨다. 너무 오랜만이라 시험 문제를 어떻게 내야 하는지 모르겠다며 교직 6년차에 불과했던 내게 도움을 청하신 적이 있다. 마치 교생을 맞이하는 담임처럼 부끄럽고 즐거웠다. 까마득한 선배 교사를 언감생심 동지로 느끼게 만드는 선생님의 힘은 무엇일까?

고등학교에 원서를 내놓고 면접 전날 가출한 녀석 때문에 요즘 심란했는데, 내 하소연을 듣던 최교진 선생님이 어딘가로 전화를 걸었다. "은정아. 여기 좋은 선생님들과 술 마시고 있는데, 니 이야기해도 되니? 허락 받으려고 전화했다." 정이 뚝뚝 떨어지는 사제 간의 통화가 끝난 뒤, 은정이의 이야기를 들었다. 가출 두 달 만에 아무 일도 없었다는 듯이 천연덕스럽게 돌아와 다음 날 소풍에 참석한 은정이. 빨간 티셔츠에 백바지를 입고 신나게 춤을 추며 노는 은정이를 보고 동료 교사들이 뻔뻔하다며 혀를 찼는데, 선생님이 대답했단다. "안 보여? 쟤 울고 있잖아. 온몸으로 우는 거잖아. 야 이년들아, 나 살아 있다. 나 깔보지 마라, 그러는 거잖아. 지금."

울컥 눈물이 올라오려고 했다. 아이들의 어깃장은 소리 없는 비명이고 눈물이라는 것을 잊고 살았다. 참 좋은 선생님이란 아이들에 대한 믿음을 잃지 않고, 훔치고 빼앗고 거짓말하고 가출하고 무단 외출하는 겉모습에 속지 않는 선생님이라는 것을 잊고 살았다.

선생도 우는데, 선생도 좌절하는데, 아이들의 여린 속살이 흠집 없이 완전하기를 바라는 건 선생이 가질 마음이 아닌 것 같다. 문학 캠프가 열리던 태안의 어느 여름학교 느티나무 그늘 아래서, 아파트 앞 통닭집에서 선생님은 이런 이야길 들려주시곤 했다.

"안 보여? 쟤 온몸으로 울고 있잖아."

그런 눈을 가진 선생으로 살고 싶다. 참 좋은 선생님, 최교진 선생님 덕분이다.